달의 눈물

전라도 역사의 혼불 **1**

달의 눈물

서철원 장편소설

출판하우스 짓다

차례

무신의 달 · 9

금척 · 15

꿈의 진경 · 21

말과 칼 · 27

우기 · 32

고려의 동맥 · 36

출정 전야 · 42

적진의 늦봄 · 45

아지발도 · 52

아침의 적의 · 57

황산에 지는 꽃들 · 64

호연지기 · 70

전쟁의 조건 · 77

심미안 · 83

외롭고 쓸쓸한 죽음 · 91

피리소리 · 99

해의 주름 · 105

오목대 · 115

시간의 자국 · 126

대풍가 · 133

역성혁명 · 144

피바람 · 149

다섯 번째 아들 · 155

정몽주의 길 · 161

선지교 · 165

전라도 길 · 170

꿈의 지평선 · 176

만경 들판 · 184

희비애락 · 190

정읍사 · 194

온돌라에 올라 · 205

전주 비빔밥 · 213

어진 · 222

몽유이화우 · 229

시간을 삼킨 아이 · 236

시간의 서재 · 241

오래전 추억 · 249

기우는 해 · 257

붕어 · 266

참고 문헌 · 271

작가의 말 · 272

in spoiler
가야의 선율이 늘 누오縷晤와 함께…

무신武臣의 달

 그해 가을은 붉고 스산했다. 신료들의 언쟁은 날마다 치솟았다. 나라의 시간은 한시도 멈추지 않았다. 나고 자라고 죽어가는 것도 멈추지 않았다. 그 많은 날들이 사라지는 시간에도 고려는 살아남았고, 죽지 않은 날들은 좋았다.
 시시때때 나라 안팎이 들끓었으나 물길은 사철 흘렀다. 무신의 차별과 홀대는 오래전부터 이어졌다. 문무의 갈등이 최고조에 이른 것은 정중부·이의방·이고가 칼을 치켜들면서부터였다.
 무신의 홀대가 극에 이르렀음을 직감한 정중부와 이의방은 이고와 함께 거사를 감행했다. 임금의 가마가 보현원에 이르렀을 무렵 이의방과 이고는 어명이라고 속여 호위하는 순검들을 물러나게 했다. 수하 견룡 병력을 동원해 한뢰·이복기 · 임종식 · 이세통 등의 문신과 무신들을 업신여기던 환관들을 살해했다. 위기의 순간에도 김돈중은 살아남았다. 감악산에 숨어들었으나 얼마가지 못했다.

그 무렵 개경에 남아 있던 정중부는 군사를 이끌고 숙직하던 문관들을 죽인 뒤 태자를 사로잡아 궁성을 장악했다. 정중부는 핏방울이 맺힌 칼을 치켜들었다.

> … 우리의 거사를 하늘이 도우셨다. 비울 것은 비우고 담을 것은 새 부대에 담을 것이다.

모두는 정중부의 반란에 두려움을 떨었다. 말끝에 이의방과 이고는 칼을 빼들고 정중부를 지지했다. 지지하지 않은 자들은 손을 흔들거나 소리를 질러 환호라도 해야 했다. 저항은 무의미했다. 저항하는 자들은 곧바로 베어졌다.

명종 임금의 뒤를 밀어부치며 정중부 · 이의방 · 이고는 신하들 가운데 최고 자리인 벽상공신壁上功臣에 올랐다. 저들 스스로 정한 위치였다. 공신들은 대장군과 고위 문관을 겸하여 삼두정치에서 독재로 이어지는 혼돈의 무인시대를 열어갔다. 이후 백 년 동안 무신들이 권력을 쥐면서 고려는 거침없이 혼돈의 바다로 뛰어들었다.

그 사이 세월은 덧없지 않아도 저마다 뿌린 핏방울은 헛것처럼 지나갔다. 무신의 실세 최충헌이 권력을 쥐고 흔드는 동안 고려는 다시 혼란으로 들끓었다.

여기에 원나라가 침공하면서 수도를 강화도로 옮겨야 했고, 40년이 넘는 세월을 전쟁에 허비하면서 국력은 쇠퇴했다. 해인사에 팔만대장경을 판각해 원나라로부터 고려를 지켜내고자 했다. 최씨 무신 권력이 무너지면서 강화도에서 개경으로 환도했다. 이때 삼별초를 앞세워 강화도에서 끝까지 저항한 최우는 고려 무신의 한 가닥 자존심이었다.

충렬왕에 이르러 보각국사 일연이 『삼국유사三國遺事』를 편찬했다. 고구려·백제·신라의 유사遺事를 집대성하여 실었고, 고조선을 토대로 단군을 국조國祖로 삼는 근거를 마련했다. 공민왕 5년(1356) 함경 화주에 설치한 원나라 쌍성총관부를 탈환하여 국세를 떨쳤다. 3년 후 국경 너머 백련교와 미륵교를 신봉하는 홍건적의 침입을 이성계李成桂가 막아섰다.

이성계의 충은 단단하고, 무武는 한없이 맑았다. 말할 때 허세를 비워낸 용기가 들렸다.

… 나아가 승전을 기별하겠나이다. 칼과 활과 창을 쥔 무사들이 저와 싸울 것이며, 말을 탄 무사들이 저와 함께 적을 벨 것

이옵니다.

*

이성계의 목소리는 단호했다. 시골무사답지 않은 단단한 근성이 목을 타고 입 밖으로 나올 때, 모두는 승전의 예감보다 전쟁의 조건을 생각했다. 전쟁에서 이길 조건은 계통에 있었고, 이성계로부터 군사로 이어지는 계통은 군비에 있었다.

임금은 이성계의 승전을 내다봤다. 한 번의 승전으로 세상에 등장을 알리게 될 것도 임금은 직감했다. 모두의 예측이 구슬처럼 이리저리 굴러다니든 말든 임금은 개운한 승전 소식을 바랐다.

이성계는 사병 2천 명을 데리고 출정했다. 붉은 두건의 적들은 무참히 깨어져 달아나기 바빴다. 사방으로 흩어지는 적들을 뒤쫓아 모조리 벴다. 전쟁에서 이기고 지는 것은 이성계의 뜻과 무관한 위치에서 합의된 듯이 조용하고 매끄러웠다. 적들이 강을 건너고자 애태웠으나 돌아갈 위치에 아군은 진을 치고 기다렸다. 맞닥뜨린 적들은 살아남지 못했다. 투항한 적을 심문해 진영陣營을 받아 남은 적을 섬멸했다.

한 번의 전쟁으로 이름을 알린 이성계는 등장부터가 절묘했다. 이성계의 시조는 전라도를 기점으로 불꽃처럼 이어졌다. 시조 이한의 태 자리는 전주였다. 18대 선계를 이어오면서 이성계의 직계는 전주를 떠나 강릉으로 옮겨갔다. 강릉에서 의주로 진입했으며, 의주에서 고려 병마사에 오른 이안사에 이르기까지 씨족의 이거移居는 불꽃같았다.

이성계는 무사로 살았다. 가계를 이어온 무인의 기질이 핏속에 흘렀다. 공민왕 10년(1361) 평안도 강계에서 반란을 일으킨 독로강만호 박의를 잠재우면서 고려 땅에 이름을 알렸다. 같은 해 홍건적을 물리쳐 그 전공으로 동북면병마사 관직을 얻었으나 이성계는 무관의 관직보다 공민왕이 별호로 내린 무신의 달을 신망했다.

… 용맹하고, 가상하다. 위험에 처한 고려를 지켜주었어. 변방 시골을 다스리던 자를 아비로 두었다지? 허나, 이제는 개성에서 과인을 지켜줄 무신의 달로 살 것이야.

공민왕이 내린 별호는 뜨겁고 아름다웠다. 그 이름에 박힌 고려의 감성과 끈기를, 이성계는 인내와 용기로 지킬 자신이 있었다. 무신 이성계의 앞날은 무겁고 가혹했으나, 별호가 품은 달의 품성은 무사와 상반된 부드러움과 온화함을 품고 있었다. 피를 부르지 않는 이름을 받을 때, 칼과 활과 갑옷의 사투로 이어지는 무사의 신명이 머리끝까지 올라설 것도 알았다. 이성계는 아늑함을 딛고 칼끝처럼 일어서는 무사의 몸을 달의 감성으로 잠재울 줄도 알았다.

금척 金尺

 청년시절 이성계 스스로 정한 무인의 길은 험하고 거칠었다. 저녁 때 칼을 쥐고 달과 마주하면 달은 세상을 비추는 한 줄기 희망 같았다. 달빛이 그려낸 세상을 허공 너머로 보내면서 이성계는 칼날에 집중하는 날이 많았다.
 달빛이 요요한 밤에 이성계의 머리는 맑고 고요했다. 오래전 죽은 자들의 혼백과 마주하면 세상은 먼 곳부터 사라져 갔다. 설봉산 귀주사 연못에서 수면을 박차고 뛰어오르는 물고기를 바라보며 흩어지는 물방울의 비산과 무의 세기가 다르지 않은 것을 깨달았다.
 이성계가 조용한 눈으로 말했다. 목에서 가느다란 떨림이 일었다.
 "물고기는 물과 하나이다. 그 때문에 물의 경계를 통찰하고,

그 너머 세계를 자유로이 오간다."

 이 한마디에 이성계의 꿈과 이상이 보였다. 가슴 한 곳에 쿵-, 심장이 내려앉는 소리가 들려왔다. 말 속에 물살보다 빠르게 흩어지는 칼의 순도가 보였다. 물이 비산하는 원리를 칼날에 집중할 때, 솟고 꺾이며 휘어져 뻗어가는 칼날의 두근거림이 보였다.

 물과 물고기가 하나이듯 이성계는 칼과 한 몸이 되길 바랐다. 몸을 반경으로 칼이 닿는 거리는 언제나 자아를 중심으로 맺혀 들었다. 물방울 안에 흩어지든 모아지든 칼을 쥔 자의 온기와 관능으로부터 이성계는 헤어나지 않길 바랐다. 물과 물고기의 경계를 바라보며 이성계는 칼의 순도를 머리에 심었다.

*

 허연 낮달이 동편에 떠오른 날 이성계는 칼을 닦고 피곤한 몸을 자리에 뉘었다. 그날따라 칼이 빠르고 영민하여 행복에 겨웠다. 눈을 감고 얼마 되지 않아 안개를 뚫고 걸어오는 아이가 보였다. 이성계가 아이에게 물었다.

"어찌 이곳에 온 것이냐? 이곳이 어딘지 아느냐?"

 멀리에서 천둥소리가 들렸다. 검은 구름도 보였다. 긴 날개를 저으며 새들이 어두운 하늘을 날아다녔다. 무뚝뚝한 아이가 말할 때, 목에서 계곡을 지나는 물소리가 들렸다.
"이곳은 무사님의 꿈속입니다."
"꿈? 내 꿈이란 말이냐?"
"……."
아이가 고개를 끄덕였다. 이성계가 조급증을 누르며 물었다.
"무슨 일로 남의 꿈을 어지럽히는 것이냐?"
아이가 한참동안 뜸을 들였다. 목이 말라왔다. 주위를 두리번거리며 우물을 찾았다. 꿈속에 우물이 보일 리 없었다. 아이가 조심스레 말했다.
"백제 마지막 임금 견훤 할아비께서 보내서 왔습니다."
놀라웠다. 무성한 잎사귀처럼 들려오던 견훤왕의 전갈을 믿어야할지 버려야할지 망설였다. 오래전 죽은 견훤왕의 사제들이 어딘가에서 무리를 지어 살아가고 있다는 뜬금없는 풍문이 아니어도 자신과 연결될 단서는 어디에도 없었다. 머리까지 검은 옷자락을 덮어쓰고 산천을 따라 종횡하는 사제들의 전설도 자신과 무관했다.
이성계는 놀라움을 감추고 호기심어린 눈으로 아이에게 물었다.

"견훤, 견훤왕이 보냈단 말이냐?"

아이가 고개를 끄덕이며 대답했다. 아이의 눈에서 조용한 빛이 성글어들었는데, 물인지 빛인지 알 수 없었다.

"저를 따라오시면 보낸 이유를 알게 될 것입니다."

무작정 아이를 따라나서기 못마땅했다. 그럼에도 꿈속에서 몸은 마음먹은 대로 움직여 주지 않았다. 꿈인데도 기분이 좋지 않았다. 아이가 안개를 뚫고 앞서 걸었다. 아이를 따라 비척거리며 걸어갔다. 얼마나 걸었는지 알 수 없었다. 석 달은 걸어간 것 같았다. 목이 말라왔고, 바람에 옷이 찢겼는지 너덜거렸다.

허기진 몸으로 겨우 당도한 곳은 우거진 수풀 가운데 무덤가였다. 천 리는 걸었을 것 같은 길도 낮달이 한 뼘이나 지났을까 싶을 정도의 짧은 시간일 뿐이었다. 그러든 말든 길 끝에 백발의 노인이 기다리고 있긴 했다.

이성계가 거칠게 말했다.

"석 달을 물 한 모금 없이 걸어왔소. 당장 쓰러질 지경이오. 물, 물 좀 없소?"

"예까지 걸어오느라 많이 힘들은 게로군."

노인이 낄낄대며 웃었다. 무덤가 나뭇가지에 맺힌 이슬을 딸 때 노인의 모습은 바람과 구름이 그려낸 신선 같았다. 노인이 아이 머리통만한 이슬을 이성계에게 건넸다. 이성계가 정신없이 들이켰다. 이슬에 비친 세상은 한없이 둥글고 희게 보였다. 그 세상이 오금이 저리도록 황홀했다.

"천천히 드시게. 얼마든지 있으니."

이슬 하나를 다 마신 뒤 노인을 바라봤다. 짐작할 수 없는 사연을 품은 표정이 노인의 얼굴에 비쳐 들었다. 한숨을 내쉬며 이성계가 말했다.

"아이 말만 믿고 따라 나섰다가 죽는 줄 알았소."

"엄살은, 꿈 밖에서는 반에 반 식경도 지나지 않았네."

"그게 아니란 말이오. 정말 석 달은 쉬지 않고 걸었단 말이오. 말이라도 데려와 태우고 갔어야지, 말은 꿈속에 들어오지 말란 법 있소?"

말없이 지켜보던 아이가 노인과 이성계 사이에 끼어들었다. 아이는 망설이다가 겨우 말했다.

"잘 달려주는 말이 있긴 한데, 도무지 꿈속에 들어오지 않으려고 발버둥치는 바람에……."

아이의 말에 이성계가 버럭 성부터 냈다. 아무래도 오래 걸은 것이 억울한 모양이었다.

"그 놈의 말, 어디 사는 누구의 종자이더냐?"

성은 냈어도 목소리는 크지 않았다. 공연히 말 한 마리 때문에 아이에게 화를 낸들 성격만 나빠지는 것도 알았다. 이성계가 성을 내든 말든 아이는 담담한 표정으로 대꾸했다.

"무사님이 하루가 멀다 하고 타고 다니는 그 말입니다."

어이없는 얼굴로 아이를 내려 봤다. 십 년을 함께 지낸 말이었다. 성질이 불같아도 이성계만 의지하고 복종하는 검은 말이었다. 국경 너머 원나라에서 데려와 어미와 떼어놓긴 했어도 충직하게 자라주었다. 질주본능이 발달한 이성계의 말은 꿈 밖에서는 천 리를 마다 않고 달려주었다.

"처음부터 말해주지 그랬느냐? 너는 수다스럽게 생겨가지고 도통 말이 없는 게냐?"

아이가 노려봤다. 아이의 눈동자 속에 조용한 눈보라가 보였다. 아무래도 기분이 상한 것 같았다. 아이만 웃어주면 어처구니없는 상황도 기분 좋게 지나갈 것 같았다. 표정을 봐선 쉽게 넘어갈 것 같지 않았다. 노인에게 조용히 물었다.

"헌데, 아이 말로는 백제 마지막 임금 견훤이라는데, 그 말이 맞소?"

"저 아이 말이 맞네. 몸은 죽은 지 오래돼 형체를 잃었지만, 혼백은 여전히 견훤일세."

혼백을 앞세워 이성계의 꿈속을 걸어왔다고 견훤은 말하고 있었다. 오랜 시간을 무화하고 친히 이성계를 만나고자 꿈속 공간에 들어왔다고, 혼백의 견훤은 말하고 있었다.

꿈의 진경

 꿈속에서 이성계가 견훤을 바라봤다. 장대한 키에 산악 같은 어깨가 눈에 들어왔다. 사백 년 저편 과거가 머릿속에 그려졌다. 머릿속 지도를 따라 한참을 내려가고서야 무너진 백제의 부활을 꿈꾸던 견훤왕의 모습이 보였다. 이성계가 손을 모아 이마에 올렸다. 몸을 굽혀 바닥에 엎드릴 때, 꿈결 너머에서 말울음 소리가 들렸다.
 이성계는 오래 엎드렸다가 일어났다. 다시 한 차례 절했다. 몸을 일으켜 합장할 때 혈기 왕성한 호랑이가 견훤 곁에 앉아 있었다. 이성계의 눈과 마주치자 송곳니를 드러내며 으르릉거렸다. 울음 속에 날카로운 쇳소리가 들렸다.
 이성계가 나직이 말했다.
 "무심히 기다린 끝에 꿈속에서나마 만나 뵈어 기쁩니다."

견훤이 호랑이 머리를 쓰다듬으며 고개를 끄덕였다. 호랑이가 게으른 혀로 손등을 핥았다. 아이가 얼굴을 찡그렸다. 견훤이 나직이 말했다.

"저 아이에게 이곳으로 데려 오라고 시켰네. 죽은 뒤에 혼백으론 무엇도 할 수 없었지만, 무너진 백제를 두고 갈 수 없었네."

"백제는 사라지고 없지만, 그 이름은 여전히 세상 위에 기억되고 있습니다. 무너진 옛터 위로 높고 아름다운 나라 고려가 돋았으니, 나라와 나라의 질긴 심줄이 하나로 이어지고 있습니다."

견훤이 눈을 감았다가 무심한 얼굴로 말했다. 목에서 오랜 된 바람이 밀려왔다.

"그 말이 옳아. 백제든 고려든 한 자락 땅에서 나고 자라며 무너진들 다시 들어서는 게 나라인 것이지. 그것을 깨닫기까지 너무 많은 시간을 이승에서 허비했어."

견훤의 말 속에 나라의 기근과 목마름이 들렸다. 백제를 그리워하는 견훤의 얼굴은 뜨거워 보였다. 얼굴 위로 더운 바람이 불어갔고, 사백 년을 넘어온 먼 기다림이 보였다. 기다림은 나무마다 이슬이 된 것 같았다. 이슬을 딛고 나무줄기마다 꽃이 피어났다.

이성계가 숨을 멈추고 바라봤다. 세상 어디에도 없는 붉고 환한 꽃이었다. 꽃이 성글어들 때 시간은 멈춘 듯했다. 이성계가 대답했다.

"남은 후세들이 백제의 흔적을 보듬어 갈 것입니다. 백제의 정신도 이어갈 것입니다."

"그래야지. 다시 무덤가 풀 돋거든 훌훌 털고 저승으로 갈 것이네. 그 전에 한 가지 알려줄 것이 있네."

말끝에 견훤이 호랑이 등짝을 두드렸다. 견훤의 마음을 알아 차렸는지 호랑이가 벌떡 일어나 금빛이 도는 막대를 물고 왔다. 견훤이 막대를 건네며 말했다.

"받게. 세상에 단 하나 밖에 없는 물건이네."

"이것이 무엇인지……"

말을 맺기도 전에 금으로 만든 자[尺]라는 것을 알았다. 정밀하게 마름질된 금척金尺은 한눈에 예사롭지 않았.

"신라 때 박혁거세가 하늘에서 받은 것과 같은 것이네. 금은 변치 않는 속성을 말하네. 자를 바닥에 대고 줄을 그으면 일자의 선이 나타나지. 그 선은 백성을 바른 방향으로 이끄는 통치를 의미하네. 이 금척은 하늘의 뜻을 담고 있네."

이성계는 입을 다물지 못했다. 말을 잇지 못하고 한참동안 금척을 바라봤다. 세상을 측도하고 백성을 다독이는 긍휼의 물건이라고, 견훤은 덧붙였다. 입에서 입을 타고 내려온 전설이 견훤의 입에서 들려왔다. 자연의 섭리와 통치의 힘이 배어 있다고 했다. 하늘의 계시를 받은 땅의 통치자만 지닐 수 있는 것이라고, 견훤은 말을 맺었다.

이성계가 일어나 금척을 두 손으로 머리 높이만큼 치켜들고는 땅을 향해 절을 올렸다. 견훤의 계시는 무겁게 왔다. 어느새 금척이 몸 안으로 스며드는 것을 알았다.

견훤이 말을 이었다. 목에서 가느다란 퉁소소리가 들렸다. 바람을 타고 소리는 꿈속을 휘돌았다.

"얼마 후면 전라도 황산벌로 출정해 왜적을 칠 것이네. 그 전쟁에서도 승전할 것이네. 돌아오는 길에 시간을 건너온 아이가 말을 걸어올 것이네. 훗날을 기약하면 거역하지 말고 새겨들어야 하네. 내가 전할 말은 여기까지네. 꿈에서 깨어나면 금척은 온전히 몸 안에 들어있을 것이네. 장차 이 나라 왕이 될 몸, 잘 건사하게."

견훤이 말을 마치자 이성계가 바닥에 엎드렸다. 목에서 물소리가 들렸다.

"제게 금척을 넘겨주려 이 먼 곳까지 나오셨습니까? 어이 먼 길을 돌아가시렵니까?"

"……."

견훤은 대꾸하지 않고 돌아섰다. 입가에 희미한 웃음을 머금고는 헛헛한 얼굴로 한 번 돌아봤다. 호랑이가 견훤을 따라 어슬렁거리며 걸었다. 돌아서는 아이에게 물었다.
 "너는 누구길래 견훤 왕을 내게 데려 온 것이냐?"
 아이가 망설이다가 겨우 말했다. 아이의 눈에서 알 수 없는 물이 보였다.
 "저는, 저는 꿈속을 걷는 아이일 뿐입니다. 좋은 날 시간을 거슬러 한 아이가 찾아갈 것입니다."
 아이가 고개 숙였다. 몸을 돌려 견훤이 걸어간 곳으로 뛰어갔다. 아이가 사라진 길을 따라 짙은 안개가 밀려왔다. 안개를 뚫고 비가 내렸다. 견훤이 걸어 왔을 사백 년 저편에도 비는 내리지 싶었다.
 빗줄기를 바라보며 천년의 일기와 눈물을 삼킨 나라의 역사를 생각했다. 나라마다 박혀 있을 젊은 기운과 멸망의 쇠락을 추억했다. 먼 나라의 추억을 딛고 투명한 빗줄기가 종일 꿈속에 내렸다. 물방울이 머리에 떨어져 내릴 때 이성계는 눈을 떴다. 낮달이 사라지고 꿈밖에 비가 내렸다.

*

꿈속을 걷는 아이.

꿈에서 깬 이성계는 몇 번이고 되뇌었다. 구름 뒤로 숨은 낮달처럼 아이는 멀어 보였다. 비가 멎은 뒤 구름 사이로 해가 고개를 내밀었다. 멀리 무지개가 보였다. 구름이 비어 있는 자리를 뚫고 부신 빛살이 밀려왔다. 눈을 들어 올릴 때, 금척이 박동하는 것을 알았다. 몸속의 금척은 온전했다. 어깻죽지가 떨려왔다. 손가락 끝에 가느다란 전율이 일었다.

말과 칼

 이성계는 말과 놀았다.
 날이 좋거나 흐려도 말과 함께했다. 비가 오고 눈이 내려도 말 등에 올라 멀리 바라봤다. 말의 질주본능은 이성계의 생존본능과 같았다. 이성계의 말은 빠르고 민첩했다. 늘 주인과 함께 놀고 뛰며 달리길 좋아했다. 말의 질주와 이성계의 삶이 섞이어 들면 말발굽 아래 피바람이 불었으나 간혹 꽃들이 피어났다. 피와 꽃이 지는 이성계의 위치는 늘 삶과 죽음이 평행한 직선으로 뻗어 있었다.
 무신의 집중과 무사의 순수는 다를 것이나 그 다름 속에 솟구치는 피의 용기와 꽃의 전율이 이성계가 짊어진 운명이었다. 거역할 수 없는 운명은 무신의 명분과 무사의 조건 앞에 늘 청정했다. 불꽃같은 직감으로 칼을 쥐면 꿈속을 걷는 아이가 보였고, 말과 소와 개와 호랑이와 늑대와 여우와 교감하는 어린 견훤이 보였다.

백년 저편에 불을 다루고 쇠를 다스리는 염력의 아이들이 존재했다고 들었으나 그 말의 진위를 이성계는 알 수 없었다. 이성계는 아비 이자춘의 태를 물려받았음에도 말과 함께 뛰어오르는 날마다 태동하는 기분을 느꼈다.

아지랑이 피어오르는 봄날 이성계가 말 등을 토닥이며 이름을 내렸다.

"이제부터 너의 이름은 불이다, 불."

반딧불이 같은 형광의 이름을 내리며 이성계는 어디에서든 빛나는 이름으로 달려주길 바랐다. 매순간 불꽃같은 화기를 몸통에 싣고 질긴 박동으로 견디어주기를 바랐다. 죽는 순간까지 그 이름의 열기와 순도를 기억하고 죽은 뒤 깨끗한 반딧불이로 돌아가 크든 작든 세상을 비추는 빛이 되길 바랐다. 그 이상 바람은 사치였고, 짐승에 대한 예의를 저버리는 것이었다.

불아.

이성계는 그 이름을 부를 때 가장 행복했다. 하루 동안 천 리를 달릴 수는 없어도 그 이름에 든 말의 본성을 아끼고 쓰다듬기를 마다했다. 이름자 속에 별이 뜨고 바람이 불어가는 생태를 불어넣을 때 이성계는 말과 하나가 되는 것 같았다.

영특하게도 이성계의 말은 이름을 알아듣고는 머릿속에 새길 줄 알았다. 이름을 부를 때 주인의 바람을 저버리지 않았다. 부르는 순간 불은 히잉-, 해와 달을 향해 노피곰 울었다.
 불은 그 이름이 제 것인 줄 알았다. 맑은 날 이성계는 강변 자갈밭에서 하루 종일 불과 놀았다. 해지는 자리에 데려가면 불은 뒷발을 재며 꽁지에 불꽃을 단 듯이 호들갑을 떨었다. 불은 노을 지는 강변을 좋아했다. 저보다 작은 개와 함께 뛰는 것도 좋아했다. 하늘거리는 수양버들 숲길을 거니는 것도 좋아했다. 무사로 살아온 날들을 생각하면 불의 존재는 끊어낼 수 없는 연민으로 밀려 왔다.
 "불아, 너와 내가 걸어온 길이 쏜살같아도 무심한 바람 같지는 않아. 갈 길을 물으면 너와 함께 간다, 답하마."
 말길을 알아들었는지 불은 소리 높여 울었다. 불이 울면 노을에 잠긴 세상은 세상 너머로 사라지는 듯이 보였다. 무뚝뚝하고 염치없는 날이 많았어도 불과 함께 달려온 날들은 가없지 않았다. 무사의 길을 놓고 후회하였어도 불을 놓고 후회한 적은 없었다. 많은 시간을 견뎌주었으므로 불은 무사 이성계의 말로 살았다.

*

지난 날 무사의 길은 거칠고 가팔랐다. 한숨 섞인 날도 많았다. 보이지 않는 길을 놓고 그 길이 가야할 길인지, 가지 말아야 할 길인지, 알 수 없는 날도 길 위에 찬란했다. 말 등에 올라 칼을 익힐 때 말과 칼의 겸수兼修는 순조로웠다. 말과 칼은 구분된 자리에서 더 영민해졌다.

불은 멀지 않은 곳에서 함께했으나 칼은 생각 밖에서 밀려올 때 어렵고 두려웠다. 불은 울거나 울지 않아도 이성계와 하나가 되는 듯했으나 칼은 쥐는 순간 오감을 싣고 뻗어갔다. 하루 동안의 오감이 칼이 뻗어갈 자리이기도 했다. 불의 질주본능은 늘 생각보다 빠른 곳에 당도해 있었다. 칼의 비산은 쥘 때마다 감정과 판단에 따라 속도와 무게가 달랐다.

칼과 이성계의 시작은 겹겹의 쇠가 억눌리고 맞물린 자리가 하염없이 얇아진 다음에 왔다. 칼에서 쇠가 떨어져나가는 고통이 이어질 때, 칼은 이성계를 받아들였고, 이성계는 칼과 하나로 살았다.

불은 모두의 믿음과 미움까지 견뎌야 했다. 칼은 벨 수밖에 없는 적으로부터 자유로워야 했다. 등에 오른 자의 박동이 보폭에 어긋나지 않을 때 불은 등에 태운 주인을 신뢰하고 산 자의 숨결을 짐작했다.

불은 질주의 순간을 주인과 함께 추억하고 소환하길 원했다.

등에 오르는 순간 시야를 확보하는 것이 첫째였고, 질주가 그 다음이었다. 칼은 쥐는 순간 눈앞에 밀려오는 실체와 헛것을 구분하는 것이 첫째였다. 실세를 관통하여 허세를 으깨는 것이 둘째였고, 정성을 허무는 날것의 무마가 그 다음이었다.

 칼은 순간의 섬광으로 빛에 이르는 속도와 무게를 지녀야 하는데, 빛보다 빠르거나 가벼운 칼은 쥘 수 없었다. 이성계의 말은 불의 이름으로 칼과 함께하는 날이 많았으므로, 그 날들의 숫자만큼 머릿속에 새겨든 것도 많았다. 맑은 날 불은 이성계가 토닥여주는 손길이 따사로웠다. 흐린 날 주인의 손길 아래 빗줄기를 바라보는 것도 좋았다.

우기雨期

　다시 비가 내렸다.

　군산 진포 앞 바다에 출몰한 왜적은 느닷없고 다급했다. 불길한 소식은 버려진 섬까지 밀려갔고, 사람 사는 곳이라면 어디든 당도했다. 잎이 무성한 안동 마을과 곡식이 익어가는 만경 들녘에도 소식은 뻗어갔다. 바람이 뻗어간 자리에서 불안한 소식은 구름처럼 부풀어 올랐다.

　우왕 6년(1380년) 8월.

　왜적은 오백 척에 이르는 함선에 군사 일만 명을 싣고 왔다. 선유도와 무녀도와 신시도로 이어진 열도 사이에 닻을 내린 적들은 육로를 타고 올라왔다. 흉년에 기근을 삭여가는 와중에도 적들은 그칠 줄 모르고 고려 땅에 기어올랐다.

　왜적이 들어선 마을은 누구도 살아남지 못한다는 소문이 돌

앗다. 사방으로 퍼져나간 소문에는 장정들을 데려가 곡식을 실어 나르게 했고, 나른 자리에서 목을 벴다고 했다. 목을 베지 않으면 귀를 쑤셔 듣지 못하게 했고, 눈을 찔러 적의 주둔과 동태를 알지 못하도록 했다. 흉흉한 소문은 마른 잎사귀처럼 사라지지 않았다.

언제부턴가 눈 먼 자가 아이들의 간을 파먹고 돌아다닌다는 소문이 돌았다. 왜적이 난파된 이양선을 끌고 와 피에 굶주린 양이洋夷의 흡혈 무리를 풀어놓았다고도 했다. 흡혈 무리는 사람도 짐승도 아니었는데, 젊은 아녀자들의 목을 그어 사기그릇에 피를 받아먹었다고 했다.

마늘을 극도로 싫어하는 흡혈의 무리는 낯설고 괴이했으나 입에서 입으로 끝없이 돌고 돌았다. 낮에는 관 속에 들어가 송장처럼 숨을 멈춘 채 늘어지게 잠을 자고는 밤이 되면 슬며시 관에서 나와 박쥐처럼 하늘을 날아다니며 사람들을 공격한다고 했다. 늘 신선한 피에 굶주린 흡혈의 무리는 심장에 말뚝을 박아야만 죽일 수 있다고 했다.

그 무렵 주막에서 대장장이와 장돌뱅이의 말을 듣고는 주모가 기겁을 했다는 말이 돌았다. 약해 빠진 장돌뱅이가 먼저 이야기를 꺼냈다고 했다.

"아, 그 말이 사실이랴."

"뭔 말이?"
"저녁 때 가장 늦게 잠든 아이만 골라 흡혈귀가 찾아간댜."
"아, 내 말이……."

대장장이도 알 만큼 알고 있는 소문은 두렵고 험했다. 앞집 뒷집 할 것 없이 어른들 사이에 최신의 입방아로 통했다. 이야기의 진위는 의미가 없었다. 날마다 정처 없는 정보가 더해져 이야기는 어른들 사이에 그칠 줄 모르고 돌았다.

대장장이가 정말 궁금했는지 장돌뱅이에게 물었다고 했다.
"근데 말이시, 가장 늦게 잠든 아이는 어쩐댜?"

지나가는 말이었는지는 몰라도 장돌뱅이는 성의 있게 대답했다고 했다.
"머리맡에 찾아가서는 쇠꼬챙이 같은 이빨로 목을 사정없이 물어 뜯는댜."
"으메, 그 이빨로 물면 되게 아프고 무섭겄어."

둘의 대화 사이에 스산한 바람이 불어갔는데, 멀리에서 흡혈 무리가 지켜보느라 냉기가 밀려왔다고 했다. 대장장이가 몸서리를 치며 대꾸했고, 장돌뱅이가 오금이 저린 얼굴로 말을 보탰다고 했다.
"글치. 개한테만 물려도 얼마나 아픈지 몰라서 하는 말인가?"

"난 아직 안 물려 봤잖녀."

"그거 참 다행일세. 어쨌거나 그 때문에 아이들이 일찌감치 잠자리에 들려고 난리가 아니댜."

술이 오른 대장장이와 장돌뱅이 사이에 오간 이야기가 주모 귀에 들어간 것은 우연인지 알 수 없으나 그 뒤로 주모가 아들 단속하느라 정신이 빠진 것은 사실이었다.

어찌됐든 황당한 이야기의 처음을 아는 사람은 없었다. 그 뒤로 아이들이 밤늦게 싸돌아다니는 일도 일어나지 않았다. 놀다가도 해거름만 깔려도 아이들은 부리나케 집으로 돌아갔다. 누구라도 할 것 없이 저녁밥만 먹고 나면 아이들은 이불을 깔고 잠자리에 들었는데, 잠들지 못한 아이는 훌쩍이다 겨우 잠들었다고 했다.

고려의 동맥

 소문은 뜬구름 보다 장황한 이야기로 번져나갔다.

 그 처음은 곡식을 수탈하던 왜적의 만행을 고발하는 데서 시작됐으나 언제부턴가 왜적은 이야기에서 제외됐고, 흡혈 무리의 소행만 여러 이야기로 분화되어 고려를 떠돌았다.

 이야기는 검은 옷에 검은 말을 타고 온 바람의 사제들이 출현하면서 절정에 올랐다. 흡혈 무리에 맞선 사제들의 활약은 전설이 아닌 실화로 전해져 고려의 정서에 전에 없던 활력을 불어넣기까지 했다. 그 오래전부터 바람의 사제들은 개경의 궁성에도 뚜렷이 흘러 들어갔으나 헛된 공상과 망상이 빚어낸 이야기일 뿐이라고 대개는 일축했다.

 그러거나 말거나 사람들 사이에 바람의 사제들이 빚어내는 결과 무늬는 끝이 없이 이어졌다. 달이 휘황한 저녁에 사제들과 흡혈 무리의 싸움은 천지를 가르는 신통력과 쇠와 불과 물과 바람을 다스리는 아이들이 합세하여 한 편의 통렬한 이야기로 저자와 민가 할 것 없이 돌았다.

　바람의 사제들이 지닌 병법은 특별하고도 탁월했는데, 몇날 며칠 동안 진을 빼며 날고 기는 흡혈 무리를 쓸어냈다고 이야기는 전했다. 흡혈 무리는 심장 복판에 말뚝이 박혀들 때만 죽을 수 있다고 했는데, 죽을 때는 심장부터 불꽃을 일으켜 순식간에 몸을 태우며 허공으로 흩어졌다고 했다. 불꽃이 흩어지는 순간 흡혈 무리의 몸에서 알 수 없는 빛이 한줌 떠올랐는데, 가까이 다가가서 만지고 싶을 만큼 황홀하다고 소문은 전했다.

　아이들 사이에 바람의 사제들이 빚어낸 활약은 가장 흥미롭고 재미있는 이야기로 천지를 떠돌았다. 소문에서 시작된 사제들의 이야기는 오래도록 고려를 돌았으나 이성계는 허깨비 같은 이야기를 믿지 않았다. 이성계의 신념과 상관없이 불길한 소문과 이야기는 질긴 늦여름 장마처럼 쉽게 물러가지 않았다.

*

이성계가 불을 데리고 압록강에 나가 있을 때 개성에서 전령이 달려왔다. 말에서 내린 전령은 산발한 머리로 종이 두루마리를 펼쳤다. 짧고 중한 소리가 뒷골을 찔러왔다.

어명이오.

전령의 의무는 격식보다 임금이 전하는 내용이 중했다. 이성계가 무릎을 꿇고 임금의 명을 받았다. 전령의 목과 임금의 목은 다를 것인데, 명으로 묻어오는 임금의 목소리는 무겁고 뚜렷하게 들려왔다.

"진포 앞바다에서 최무선이 화약으로 왜구를 소탕하였으나 육지로 달아난 왜적이 옥천을 기습하고 사방으로 흩어져 고려를 짓밟고 있다. 영동으로 달아난 왜적 일부가 상주와 선산, 금산 쪽에서 약탈로 주린 배를 채운다는 소식이다. 상주로 달아난 왜적의 주력이 서남쪽으로 방향을 틀어 경산을 거쳐 함양부 동쪽 사근내역沙斤乃驛에 주둔하고 있다는 첩보다."

이성계는 화약을 이용한 최무선의 대응을 멀리에서 듣고 알았다. 심덕부·나세와 연합하여 오백 척의 적함을 한 번에 불태운 전과도 전해 들었다. 전공을 생각하면 만호萬戶이거나 천호千戶를 내려 개성 언저리를 다스리게 해도 부족할 것 같았다. 도주한 적들이 육지를 발판으로 날뛰는 상황을 볼 때 최무선의 전공은 더 두고 봐야 할 것 같았다. 이성계는 전쟁의 끝을 생각했고, 소모와 허세가 사라진 깨끗한 전쟁을 생각했다.

우왕 2년(1376)에도 왜적은 진주를 침공한 적이 있었다. 그때 경상도도순문사 배극렴은 양백연·우인열과 함께 진주를 함락하고 반성현으로 뻗어오는 왜적을 섬멸했다. 이태 후 양광·전라·경상 삼도원수로 경산부 사근내역에서 다시 왜구를 격파한 배극렴을 잊지 않았다. 이성계는 임금의 뜻을 알 것 같았다.

전령이 낮은 목소리로 어명을 덧붙였다.

"함양이 무너지면, 황산이 위태롭다. 황산이 밀리면 곧바로 남원이 적에게 넘어갈 것이다. 남원이 뚫리면……."

남원이 뚫리면 임실이 무너질 것이고, 그 다음은 전주가 주저앉을 것이라고, 임금은 멀리에서 말하고 있었다. 전주가 당하면 논산이 뚫릴 것이고, 논산이 뚫리면 대전 쪽이 허물어지는 연쇄전을 이성계는 먼 임금의 표정을 바라보며 읽었다.

전령이 마지막으로 덧붙였다.

"전령을 보내 교지로 대신한다. 정삼품 상만호 이성계를 일품 승계하여 양광·전라·경상 삼도순찰사로 임명한다."

말이 끝나기 무섭게 이성계가 바닥에 엎드렸다. 몸을 낮출 때 질긴 충이 보였다. 임금에 대한 예의는 스스로 낮출 때 드러났다.

"명을 받들겠나이다."

시골무사에서 동북면병마사로, 동북면병마사에서 상만호로, 상만호에서 정이품 순찰사로의 진입은 의외였다. 순찰사는 왕명을 받아 고려의 군무軍務를 총괄하는 재상의 자리였다. 일품 왕족에 비하면 크지 않으나 무신의 달에서 재상의 자리에 오르기까지 이성계의 성장은 날마다 차오르는 달과 다르지 않았다.

이성계가 이마를 바닥에 대고 읊조렸다.

"받들겠나이다. 배극렴을 곁에 두어 환란을 무마하겠나이다. 속히 출정하겠나이다."

이성계는 눈을 감고 불의 눈동자에 비치던 칼을 생각했다. 칼의 전율이 번져가던 불의 눈동자를 생각했다. 불의 눈에 내리던 눈보라를 생각했다. 불의 이름 앞에 칼을 내걸 수 있는 용기가 부끄럽지 않기를 바랐다. 그 너머에서 불어오는 불의 질주가 한 점 반딧불이로 타오르기를 바랐다.

이번 전쟁에서 적을 벨 조건은 칼에 있을 것이고, 적의 칼에 베어질 확률은 불에 있을 것이다. 전쟁에서 죽거나 사는 건 의미가 없었다. 불과 칼의 박동이 하나로 이어질 때 생사는 무화될 것이다. 죽는 순간까지 불의 이름을 기억하는 데는 이유가 있지 싶었다.

 불아.

 전령이 돌아간 뒤 이성계는 불의 등짝을 쓰다듬으며 이름을 불렀다. 머릿속에 더운 바람이 불어갔다. 그 이름의 열기가 불멸하기를, 이성계는 손을 모았다.

 말 등에 올라 돌아가는 동안 해가 저물었다. 해지는 자리 너머로 긴 그림자가 땅 위를 빠르게 지나갔다. 노을을 등질 때 불과 함께 세상에서 사라지는 기분이 들었다. 휘어진 수양버들이 바람을 타고 뒤로 밀려나갔다. 새들이 머리 위에서 재재거렸다.

출정 전야

 개경에 당도했을 때 봄빛은 부드러운 초록이었다. 겨우내 날카로운 산들이 저물어갔다. 산사의 종소리가 들려왔다. 해거름이 발밑에 고여 들 무렵 성문 앞에 배극렴이 나와 있었다. 고삐를 당기자 불은 허공에 앞발을 재고는 배극렴 앞에 멈추어 섰다. 배극렴이 칼집을 잡고 허리 숙였다. 멀리에서 부엉이 울음이 들렸다. 배극렴의 충은 맵고 단단해 보였다. 목에서 풍성한 북소리가 밀려왔다.
 "압록강에서 오신다는 기별을 받았나이다. 대장군 배극렴은 출정할 준비를 마쳤나이다."
 이성계가 고개를 끄덕였다. 배극렴의 눈빛은 조용하고 침착해 보였다. 눈동자 안으로 불어가는 더운 바람을 이성계는 놓치지 않았다.

"함양부 사근내역에 적들이 집결하고 있다고 들었다. 우리의 주력은 황산 마루에 진을 편성할 것이다. 이 밤에 달릴 수 있겠는가?"

"명을 내리소서. 오천 기병이 말에 올라 기다리고 있나이다."

이성계의 사병 오천을 더하면 일만 기병은 될 듯했다. 보병 오천을 뒤에 붙인다 해도 승산은 예감되었다. 진포에서 승전을 거둔 병사들의 사기는 높고 뜨거웠으나 육지로 달아난 적들의 횡포가 극에 이를수록 불리했다.

이성계는 햇불을 치켜든 배극렴의 기병을 바라봤다. 출정을 기다리는 무사들의 눈빛은 저마다 젖어 있었다. 전쟁터에서 살아남는 건 문제가 되지 않았으나 죽음이 두려운 것은 한결 같았다. 두려워도 배극렴과 함께 이 밤에 달려야 하는 것도 알았다.

이성계가 눈빛을 모으고 외쳤다. 목소리가 해거름을 뚫고 먼 곳까지 밀려갔다.

"적들이 고려 백성의 눈을 찌르고 귀를 베어간다. 막지 않으면, 고향의 부모와 처와 어린 자식들이 적의 손에 넘어가 수치와 수모를 안고 죽어갈 것이다. 저마다 목숨이 중한 것을 안다. 이 밤에 우리는 **출정**한다. 우리가 살아갈 세상은 오직 고려이다. 아는가?"

모두는 숨을 죽이고 이성계를 바라봤다. 눈빛들은 두려움을 벗고 하나둘 소리치기 시작했다. 삽시간에 함성이 터져 나왔다. 함성은 산 너머까지 밀려갔다. 돌아올 때 다시 우레가 이어졌다.

이성계는 덧붙였다. 목에서 시위를 떠난 화살이 보였다.

"저 높고 아름다운 나라 고려를 위해 싸우는 건 나와 가족과 후세들이 천년 동안 살아갈 땅을 지키는 것이다. 오늘 밤 우리는 출정할 것이고, 우리는 의무를 다할 것이다. 그 뜻은 고려에 있다. 모두는 고려에 살고 고려를 위해 죽는다. 모두의 고려, 기억하고 추억하라."

말을 마치자 말에 오른 기병들이 깃발을 세우고 길을 재촉했다. 보폭이 빠른 말들이 거친 숨소리를 내며 질주했다. 땅이 흔들렸다. 하늘이 갈라지는 소리가 들렸다. 땅과 하늘 사이 새들이 대기를 가르며 병사들의 머리 위를 돌았다.

멀리에서 두렵고 거친 밤길이 밀려왔다. 모두의 머리는 깊고 아늑한 숲길 너머 고려의 동맥에 가서 닿았다.

적진의 늦봄

 멀리 운봉고원 능선을 따라 팽팽한 바람이 불어왔다. 고원의 초록은 짙고 날카로웠다. 산등성 위로 해의 움이 시작되고 먼 산들이 하나둘 잠에서 깨어났다.
 여름이 다가오는 들판에서, 새벽에 밀려든 여명은 붉고 질겼다. 볕이 닿지 않는 곳에서 작은 유충들이 미생의 소리로 살아있음을 알렸다. 저녁 때 먼 산과 들에 노을이 내리면 낮에 초록으로 빛나던 것들이 하나둘 세상 밖으로 떠날 채비를 했다.
 운봉고원 능선에서 황산벌을 바라보면 아침저녁으로 왜적 진영에서 연기가 피어올랐다. 적들은 고려에서 수탈한 곡물로 밥을 지었고, 고려의 닭과 소와 돼지와 개들을 잡아 밤마다 포식했다. 고려의 술을 마셨고, 고려 아녀자들에게 술시중과 함께 춤을 추도록 했다. 춤이 끝나면 고려의 여인들은 천막으로 끌려가 날이 밝을 때까지 수모를 겪었다.

해인사에서 끌려온 젊은 비구니가 늦은 밤에 승무를 추었다. 자글거리는 기름불에 왜장 아지발도阿只拔都가 넋을 놓고 승무를 바라봤다. 고깔을 쓴 비구니는 손에 풍경을 쥐고 바람결에 몸을 맡겼다. 달빛이 바람 속에 불어가면 춤사위 따라 고려의 불심이 피어올랐다. **휘어지고** 굽이치며 아득해졌다가 가까워지는 춤사위에 밤은 **깊어갔다**. 풍악 없이 나부끼는 춤사위를 바라보며 젊은 아지발도는 높고 아름다운 고려의 기운을 읽었다. 고려 스스로 **높고 아름답**다고 말하는 이유가 비구니의 춤사위에 있는지는 **알 수 없으나** 바람과 달빛과 춤사위가 일체가 될 때 고려의 **순수는** 보였다. 그 하나로 아지발도는 쉽지 않으리란 것을 **내다봤다**.

"고려의 감성은 깊고 무겁구나."

불길한 정서로 밀려오는 고려**의 정서는** 적의 적장으로서 아지발도를 쥐고 흔들었다. 고려의 **서정과** 고려의 감정과 고려의 눈물은 뜨거우면서 잔잔하고, **잔잔하**면서 겁이 없어 보였다. 여백 없이 승무에 집중된 **고려의 정서**는 외로워 보였다. 그 하나로 아지발도는 물결처럼 **출렁이는** 자신감을 알았다. 버틴들 얼마가지 못할 것도 예감**했다**. 아지발도의 눈에 고려는 너무나 깨끗해 보였고, 한없이 부럽게만 보였다.

 고깔 너머 파란 머리로 흔들리는 승무는 오래도록 이어졌다. 춤 속에 춤이 떠가고 춤이 춤을 에워싸며 휘돌 때 아지발도는 세상 끝에 서있는 기분이 들었다. 비구니의 춤사위를 바라보며 아지발도는 원대한 판각의 고려 대장경을 생각했다. 십육 년의 시간과 연대에 깔린 고려의 감성은 질긴 외세를 무춤거리게 하고, 난세의 상처를 보듬고 남을 것 같았다. 고립의 눈물이 아니라 처절한 저항 위에 새겨진 고려 대장경은 적의 적장으로서 건너갈 수 없는 불굴의 정신으로 새겨들었고, 넘어설 수 없는 큰 산악으로 밀려왔다.

 어느 땅에서도 판수板數만 팔만사천에 수천만 자에 이르는 판각은 사례가 없었다. 아지발도는 아득히 뻗어 있는 고려 대장경의 연대기와 그 너머 고려인이 겪었을 생존의 무게를 생각했다.

 "무거운 나라구나. 저들 스스로 높고 아름답다라고 말하는 데는 이유가 있다. 우리에겐 없는 고결하고도 질긴 순수의 결정들이 유전과 역사로 들어선 나라이다. 이 싸움은 얼마나 버텨줄 것인가?"

 아지발도는 남의 영토에 건너와 속박과 수탈과 방화와 살인으로 이어져온 전쟁의 수위를 생각했다. 적의 적장으로서 정복 전쟁의 명분을 내걸고 조건 없이 들이밀고 왔어도 정복자의 위신을 철저히 뭉개고 말았다. 오백 척의 함선을 모조리 잃고 깨알처럼 흩어져 간신히 살아남은 군사들의 수치는 감당하기 버거웠다. 살아남은 무사들이 고려 땅 곳곳을 짓밟아도 패전의 굴욕은 덮여지지 않았다. 저마다 등줄기에 흐르는 수치와 굴욕을 대신할 무엇도 고려에는 있지 않았다.

비구니의 승무 하나로 아지발도는 고려 대장경에 얽혀 있는 고려인의 피와 땀과 눈물을 떠올렸다. 적의 적장으로서 느껴야할 의무와 잠재된 감정은 십육 년에 이르는 누적의 질량으로 왔다. 부처의 뜻으로 나라를 지키겠다는 무지와 순수 사이에서 아지발도는 고려인이 지닌 질긴 유전을 생각했다. 피와 살과 뼈로 이어져온 전통은 아무리 뛰어난 화공을 들이밀어도 무너지지 않는 것을 숱하게 보아왔음으로, 아지발도는 이번 전쟁으로 숨이 다할 것도 내다봤다.

몽매한 예언으론 전쟁을 이어갈 수 없어도 순수의 정열로 나라를 지키는 것은 너무도 자명했다. 십육 년의 원대한 판각은 돌이킬 수 없는 고려인의 꿈과 이상과 지성의 결정이므로, 그 순수의 접경에서 적의 적으로서 감당할 치욕은 태산보다 높고 바다보다 깊게 왔다. 수천만 개의 글자마다 고려의 절개와 향수와 충절을 심었다고 했다. 하나의 글자를 새길 때마다 세 번 절을 올렸다고 했다. 팔만사천 판각이 산맥으로 뻗어갈 때 고려인의 충정과 정성과 바람은 바다 같다고 했다. 각수들의 손에서 시작된 판각은 끝에 이를 데까지 단 하루도 쉬지 않았다고 했다.

*

 아지발도는 해인사에서 비구니를 끌고 올 때 대장경의 실체를 눈으로 확인했다. 불을 질러서라도 고려의 정신을 무너뜨려야 한다는 생각과, 나라의 구복을 으뜸으로 여긴 고려인의 신망과 정성에 대한 두려운 생각은 두 줄기로 갈라섰다. 어느 쪽을 선택한들 적의 적장으로서 옳았다. 아지발도는 대장경판을 쥐고 오래 망설였다. 불을 쥔 군사들을 멈추게 한 것도 갈라선 두 생각의 절충이 쉽지 않았기 때문이었다.
 생각은 단순했어도 오래 갈 것도 아지발도는 알았다. 생각을 쥐어짜는 생각이 머릿속에 돌았고, 생각을 푸는 생각이 머릿속에 돌았다. 생각은 몸서리치는 갈등으로 이어졌으나, 생각의 끝은 아늑한 자리에 주저앉아 오래도록 쉬고 싶을 뿐이었다.
 장방의 판각에는 일본에 없는 정밀한 사계가 흘렀다. 얕은 구릉의 언덕과 패인 골짜기가 판각에 펼쳐져 있었다. 기름진 들맥이 지평선을 이끌고 판각 위로 뻗어갔다. 해와 달과 별이 판각 위에 조용히 떴다가 소리 없이 기울었다. 판각을 따라 끊이지 않는 물줄기와 능선이 구불구불 이어졌다. 글자와 글자 사이 바람이 쉬지 않고 불어갔다. 획이 생겨난 계곡을 거슬러 오르면 에밀레종에 새겨진 아라阿羅의 여인들이 걸어 나와 보리수 줄기로 깎은 피리를 불었다.

천상의 소리인가 귀 기울이면 피리소리에 겹친 고려의 울분과 서정과 정한이 먼 곳에서 밀려왔다. 오동을 잘라 판각한 단면마다 고려의 염원이 보였다. 사계를 가로질러 건장한 외유外遊로부터 난세를 뚫고 지나는 내강內剛의 극치가 보였다. 판각마다 소금에 절인 고려인의 피와 땀과 눈물이 비가 되어 내리거나 짙은 안개에 덮여 있었다. 어쩌면 폭풍이거나 거친 눈보라로 그 모두는 떠갔다. 판각에 코를 대면 세상 끝에서 끝으로 불어가는 고려만의 구국의 향기가 밀려왔다.

고려인의 피와 땀과 눈물이 맺힌 대장경을 쓰다듬을 때 아지발도는 코끝이 맵고 눈시울이 찡한 것을 알았다. 일본에 없는 인고와 정성이 대장경에 맺혀 있었다. 그 정성은 노획과 수탈만으로 가져갈 수 없는 것을 알았다.

아지발도가 나직이 읊조렸다. 목에서 쓴 맛이 올라왔다.

"투항의 조건으로 굴욕을 안고 돌아갈 것인가, 남은 숨통을 걸어 끝까지 밀고나갈 것인가?"

한쪽에서는 수치를 생각했고, 한쪽에서는 명예를 생각했다. 선택의 여지는 단순해도 선택의 조건은 어느 것도 마땅하지 않았다. 투항한들 고려가 배를 내줄지 의문이었고, 결국 돌아가지 못할 것도 내다봤다. 투항할 수 없는 조건은 너무도 많아 명예를 안고 싸운들 결국 패장으로 죽을 것도 알았다.

머리가 산만했다. 정확한 건 어디에도 없었다. 앞을 바라봐도 답은 없었다. 지나온 날을 돌이키며 후회할 뜻도 없었다. 스스로 건너와 일으킨 전쟁에서 살고 죽는 건 저 바다 건너 먼 일본이 아니라 고려 땅에서 선택해야할 전쟁범죄의 소명과 부끄러운 소치일 뿐이었다.

아지발도

 아지발도는 시간이 없다는 것을 알았다. 적국으로서 고려를 접수할 수 있을지 알 수 없었다. 손바닥에 금을 그으며 따져봐도 성공의 확률보다 실패의 가능성이 높았다. 손금을 들여다보며 따질 일이 아님에도 아지발도는 먼 곳의 적진보다 가까운 손바닥 안에 긋는 전략이 용이했다. 때로 전략을 딛고 뻗어가는 손금의 전술이 더 정확했다.
 "나의 손금은 말한다. 사지가 잘려나가도 숨이 붙어 있는 한, 풀잎 같은 적개심이 남아 있는 한, 적의 자격으로 베어야 하고 적의 적으로 베어지는 명예를 생각하라고……."
 투항과 저항을 저울질할 때 구김 없이 밀려오는 적의를 아지발도는 이해할 수 없었다. 적의를 버리면 순한 동맹이 올 것 같은 느낌은 단지 기분이 아니라 오감에 사무치는 고려의 감성에 있다는 것을 알았다. 그 모두 대장경을 새길 때 고려의 이상이 스며든 때문이라는 것도 알았다.

 적의 적장으로서 아지발도는 적의 나라에 박혀든 불심 앞에 사지가 오그라드는 것을 알았다. 높고 아름다운 나라 고려의 실체 앞에 아지발도는 오름이 저려 왔다. 차고 시린 눈으로 적을 바라보면 한줌도 되지 않는 적의 용맹이 보였다. 그 안에 내재된 용기는 피와 눈물로 얼룩진 일본 군사의 헛것 같은 용맹과 다르지 않았다. 다르지 않음으로 적들의 가슴마다 일으킨 고려의 실체는 연민보다 뜨겁게 밀려왔다. 적의 적장으로서 적에 대한 연민은 사치이며 배신일 뿐이었다.

*

 눈을 들어 올릴 때, 하늘은 어둡고 캄캄했다. 고려의 별들이 하늘에 떠 있었다. 별 아래 모두는 높고 아름다웠다. 고려의 질긴 박동이 땅에서 울려왔고, 땅 위의 모두는 가엾고 쓸쓸했다. 다시 하늘을 바라보며 아지발도는 한숨 쉬었다. 먼발치에서 밀려오는 환각에 아지발도는 조용히 전율했다. 적 앞에 으깨어지고 뭉개지는 치욕이 밀려왔다. 굴욕의 기시감에 아지발도는 어깨를 떨었다.

"갈 곳은 멀고 살아갈 날의 최후는 가깝구나."

파란 삭발 머리의 비구니를 바라보며 아지발도는 고개를 끄덕였다. 달빛 아래 비구니의 승무는 오래도록 이어졌다. 저 아득한 위치의 높고 아름다운 자리에 올라 전쟁에서 죽은 자들의 넋을 달래거나 외롭게 죽어간 혼백을 쓰다듬는 것 같았다. 속박을 끊어낸 존재감으로 격하게 솟아올라 궁극에는 우주를 품은 물방울로 새겨드는 것 같았다. 비구니가 손가락을 세워 하늘을 찌르는 순간 손끝에 달의 정령이 맺혀드는 것을 알았다. 아지발도는 입 안에 고인 침을 삼키며 읊조렸다.

아아-. 고려는 이토록 격한 떨림의 나라인가?

아지발도는 주먹을 쥐고 조용히 어깨를 떨었다. 몸속 깊은 곳으로 내려가는 거센 떨림을 이해할 수 없었다. 오감을 쥐고 흔드는 감정은 최후의 전율로 왔다. 그 끝은 솜털처럼 부드럽고 물속처럼 아늑했는데, 기억만으로 소환할 수 없는 멀고 아득한 전생의 어느 지점 같았다.

승무가 잦아들 무렵 아지발도가 옆구리에 환도를 찬 무사에게 말했다.

"비구니에게 빈 천막을 내주어라. 먹을 것을 가져다주고, 누구도 천막엔 얼씬거리지 마라."

 눈이 잘 찢어진 무사가 알았다고 대꾸했다. 육백 년 전 헤이안 시대平安時代를 건너온 무사의 혈육은 귀족과 승려의 부정을 무마한 가문으로 살았다. 충을 불사한 대가로 오랜 세월 대를 이어 곁에 두었다. 신망이 두터워도 무사는 이름 없이 살 때 가장 명예로웠으므로, 아지발도는 무사의 이름 따위는 기억하지 않았다.

 무사가 허리를 꺾자 아지발도가 고개를 끄덕였다. 오늘 밤만큼은 끓는 욕정을 누르고 조용히 잠들 수 있을 것이라고. 최후의 순간은 쓸쓸하거나 찬란할 것인데, 감정 없이 무엇이 와도 견딜 수 있을 것이라고, 아지발도는 생각했다.

"창백한 하루가 지나가는구나. 나는 적을 두려워할 것이다. 살아있는 한 고려의 적군이 아군을 두려워하길 바란다. 내겐 칼과 투구와 갑옷과 조총과 말이 남아 있고, 내일이면 숱한 전쟁마다 들려오던 고락도 저문다. 나는 적을 두려워하는 대신 죽는 순간까지 적의 인멸을 바란다. 지겹고 고달픈 나의 운명은 여기가 끝인가?"

 아지발도가 눈을 들어 올렸다. 고려의 달빛은 눈에 머금거나 머리에 새기기 좋았다. 흐린 날 버려진 처마 아래 앉아 바라본 빗줄기도 처연하고 아름다웠다. 바람이 좋은 날 볕에 내건 고려의 종이는 밤하늘 별을 새겨 순한 질감으로 왔다. 날이 밝는 대로 고려의 감성을 가져갈지 버려야할지 결정할 것이다. 황산 마루에 서서 뚜렷이 밀려오는 삶의 수치를 죽음으로 견디어낼 수 있을지 아직은 알 수 없다. 삶의 인고는 죽음이 무거워서가 아니라 삶이 가벼움을 알기 때문이다. 아지발도는 황산 싸움을 끝으로 죽어갈 것을 예감했다.

삶도 죽음도 점지할 수 없는 이 밤에 투항의 굴욕이 아닌, 살아남은 자의 치욕이 아닌, 적의 적장으로서 깨끗한 소멸의 죽음을 아지발도는 바랐다. 아지발도가 다시 물끄러미 하늘을 올려본 뒤 무거운 눈으로 숙소로 들어갔다.

멀리 황산 들판에 버려진 초여름 풀빛은 낮고 아늑했다. 달빛 내린 자리마다 초록의 물빛이 뛰어 올랐다. 날카로운 물칼이 뛰어오를 때 세상은 피리를 불며 에밀레종에 스며든 억겁의 세상으로 건너갔다. 아라의 보살들이 보리수나무 아래 손을 모아 저 너머 기슭으로 걸어가면 세상은 무르익은 이쪽 세상의 고뇌를 버리고 초연한 저쪽 세상의 계절을 불러왔다.

밤사이 잠들 수 없는 자리에서 비구니 홀로 향나무를 깎았다. 새벽나절 삭발 머리만큼이나 매끄러운 부처가 비구니의 손바닥에 올라 있었다. 승복을 오려 옷을 입힌 부처를 바닥에 앉히고 비구니가 손을 모았다. 부처의 머리 위로 부드러운 여명이 떠올랐다. 비구니의 삭발 머리 위로 조용한 바람이 불어갔다.

아침의 적의敵意

 동트는 새벽에 이성계는 적의 동태를 보고받았다. 정찰을 다녀온 무사는 표정이 무겁고 언어가 굵었다. 무사는 손바닥 대신 타다 남은 숯으로 흙바닥에 그림을 그리듯 적의 동태를 들려주었다.

 운봉고원 건너에 진을 친 적들의 자리에서 간밤에 회식이 있었다는 무사의 보고는 의외였다. 출정을 앞두고 주린 배를 채웠다는 말로 들렸고, 나른한 배를 두드리며 전의를 다졌다는 말로도 들렸다. 적들은 고려 양민들로부터 수탈한 쌀과 소와 돼지로 기름진 저녁을 때웠다고 했다. 말 속에 아군의 주림은 완강했고, 적들의 적의는 무의미하게 들렸다.

 무사의 눈을 바라봤다. 눈 안쪽에 자란 초여름 풀빛은 가늘고 날카로웠다. 밤사이 총총한 별이 내리고 이름 모를 인어가

헤엄쳐갔을 무사의 눈동자 속에 사각거리며 좁혀오는 적군의 동태가 보였다. 무사의 눈동자가 마음속에 날아올 때, 적들이 품었을 적개심은 가볍지 않았다.

　무사가 젖은 목소리로 말했다. 목에서 허기가 밀려왔다.

　"간밤에 어디 절인지 모르나 아녀자와 함께 끌려온 여승이 적들 앞에서 승무를 추었습니다. 춤사위에 고려의 울분과 정한을 실은 듯이 보였습니다."

　무사의 말은 무겁게 왔다. 비구니의 승무에 이성계는 말보다 마음이 끌렸다. 달빛 아래 외롭게 흔들리는 춤사위가 보였다. 춤을 따라 이어지는 고려의 끈기가 보였다. 달의 정령이 내려 보는 시간에 비구니는 고려의 벌과 고려의 나비로부터 물려받은 역동의 날갯짓으로 어디든 날아오른 것 같았다. 정하지 않아도 스스로 갈 곳을 아는 비구니는 승무 하나로 고려 여인들의 몸과 마음을 쓸어안고 오래도록 흔들린 것 같았다.

　이성계가 머릿속에 날아오른 벌과 나비를 바라보며 눈을 깜빡거렸다. 말할 때 이성계의 목에서 가느다란 떨림이 보였다.

　"고려를 욕보인 게 아니었을 것이다. 함께 끌려온 아녀자들을 생각해서라도 승려라면 했어야 할 일이다. 여승의 표정은 어떠했느냐?"

　"웃지 않았습니다. 적으로부터 상처받은 고려의 땅과 하늘을 무거운 춤으로 늦도록 건너다니고도 피곤해보이지 않았습니다."

이성계는 이승의 춤과 저승의 춤을 생각했다. 삶과 죽음의 갈림길에서 중간을 잇는 춤사위는 아마도 간밤 여승이 추었을 승무가 되지 싶었다. 아니어도 상관없었다. 고통으로 살거나 때맞춰 죽을 아녀자들의 목숨 앞에 승무는 구슬퍼 보였다.

대신 죽을 수 없는 까닭만으로 여승의 승무는 고려 아녀자들에겐 해원解冤이었을 것이고, 기름진 뱃속의 적들에겐 한 자락 눈요기였을 것이다. 무엇이 됐든 여승이 적들 앞에 승무를 추었다는 그 하나만은 사실이되, 춤 안에 든 진실까지 들여다볼 수는 없었다.

이성계가 젖은 눈으로 무사에게 물었다.

"춤이 끝난 뒤 적장이 여승을 품었느냐?"

"적장은 술과 춤, 어디에도 흔들리지 않았습니다. 춤이 끝난 뒤 여승을 빈 천막으로 들게 하고, 적장 홀로 하늘을 바라봤습니다. 이윽고는 달을 향해 한 차례 칼을 치켜들었다가 혼자 숙소로 돌아갔습니다."

이성계가 고개를 갸우뚱거렸다. 무사의 말을 믿어야할지 버려야할지 알 수 없는 표정이었다. 적의 적으로서 이해할 수 있는 조건은 적장에게 있지 싶었다. 출정을 앞두고 술과 춤,

어디에도 취하지 않은 적장의 마음은 차갑고 무겁게 왔으나 그것만으로 적의는 파악되지 않았다.

 승무를 마친 여승을 빈 천막에 홀로 들게 했다는 적장의 행동마저 이해되지 않았다. 적장의 행동은 여승에 대한 배려가 될지, 승무에 대한 예의가 될지 알 수 없으나 적장이 칼을 세우며 달을 겨눌 때 황산 전투는 쉽지 않으리란 것을 내다봤다.

 생각에 잠길 때 무사가 덧붙였다. 무사의 눈에서 간밤 적진을 지났을 총총한 별이 보였다.

"천막 앞에서 고깔을 벗은 여승의 삭발 머리에서 푸른빛이 돌았습니다. 적들의 머리에는 붉은 빛이 돌았습니다."

"그랬을 테지. 머리 색깔이 다른 것으로 끝나지 않았을 것이다."

"적들은 오랫동안 잠들지 않았습니다. 회식을 끝내고도 적들은 저들 언어로 군가를 부르며 전의를 다졌습니다. 동트는 해를 바라보며 붉은 머리로 적개심을 채웠습니다."

 이성계가 고개를 끄덕였다. 잠들 수 없는 들판에서 적들은 고향을 생각했을 것이다. 보초를 세우고 서둘러 잠자리에 든 아군의 꿈에는 가족이 서성였을 것이다. 적의 생시와 아군은 꿈은 겹치지 않는 자리에서 서로를 노려봤을 것이다. 꿈과 생시의 경계에서 적과 아군은 서로를 찌르며 베었을 것이다.
 무사의 말 속에 적의 적개심은 깊고 단단해 보였다. 기름불을 받아 붉게 빛나는 적들의 투구가 보였다. 치켜든 칼과 창과 갑옷에서 적개심은 와글거리며 끓어올랐다. 적들이 칼과 창을 말에 싣고 이성계의 머릿속 깊은 골짜기까지 밀고 들어왔다. 아군의 수위를 생각하면 머릿속에선 한 차례 전쟁이 시작되고 있었다. 쓰러지고 무너지며 꺾여나가는 적군이 머릿속에 떠올랐다. 잘리고 찔리며 베어져 나가는 아군도 머릿속에 그려졌다. 적과 아군은 이성계의 머릿속에서 한 자락 긴 춤으로 흔들리며 서로를 왕성히 죽이고 있었다.

*

 적과 아군은 서로를 인내하는 날이 많았다. 적의 인내와 아군의 인내는 다르지 않았으나 적의 적장으로서 이성계는 그 모두를 인내하는 것도 잊지 않았다. 적과 아군 사이에 지켜야 할 것과 버려야할 것은 분명했다. 깃발을 세운 무수한 적들이 사각사각 밀려올 때, 지평선 너머에서 갈기를 세운 말들의 울음소리가 들려왔다.
 이성계가 물었다.

"적들이 어디까지 나갈 것 같은가?"

"황산벌로 나아갈 태세를 갖추었습니다."

무사는 밤부터 동트는 새벽까지 적의 공세와 체계를 날카롭게 바라봤다. 적들이 소탕과 섬멸 사이에 운봉고원을 접수하고자 애를 태웠다는 무사의 보고는 정교하게 들렸다. 말 속에 전쟁의 무게와 무수한 죽음의 질량이 밀려왔다. 각자의 죽음은 하루치의 무게로 왔으나 모두의 죽음은 고려의 산천을 끊어내는 격절激切로 왔다. 고개를 들고 임금이 있는 북쪽 산허리를 바라봤다. 임금의 길은 보이지 않았다. 출정을 앞둔 아침에 햇살은 눈부셨다. 아득한 자리에서 밀려오는 임금의 윤음은 맑고 순하게 밀려왔다.

이성계가 개경을 향해 허리 숙였다. 허리 숙일 때, 이성계는 불요不撓의 모순을 생각했다. 누가 살고 누가 죽을지 알 수 없는 상황에 임금의 시계는 외롭고 건조하게 왔다. 황산이 무너지면 전주가 무너지고, 전주가 무너지면 대전이 허물어질 것이고, 대전이 허물어지면…….

이성계는 피난의 모순이 임금에게 닿지 않기를 바랐다. 황산에서 끝을 보지 않으면 수모를 안고 어디로든 피신해야 할 것이다. 연쇄전의 불리를 떠올리면 파천으로 이어질 임금의 길은 춥고 헐벗어 보였다.

지금쯤 무신들이 국가적 수치만은 피하자고 논했을 것이다. 우유부단한 문신들이 수치를 무릅쓰고 피신을 도왔을지 몰랐다. 무신들의 뜻이 무거우면 가라앉을 것이고, 문신들의 뜻이 가벼우면 뜰 것이다. 무엇이 됐든 임금은 견뎌내지 싫었다.

황산黃山에 지는 꽃들

 황산의 봄빛은 아지랑이 같았다. 먼 들과 고원이 잇댄 자리에서 안개가 피어올랐다. 바람은 파란 비늘을 일으켜 들마다 몰려다녔다. 여름이 다가오는 황산벌의 아침은 적막했다.
 황산벌 끝자락에 적진의 연기가 올랐다. 운봉고원 마루에서 아군의 연기가 솟았다. 적의 연기와 아군의 연기가 빈 들녘에서 몸을 섞을 때 적의 정찰은 아군의 동태를 살피고 돌아갔다. 적의 전방은 어디든 팽팽했다. 짐작할 수 없는 위치에서 적은 틈을 노리며 다가왔다. 아군이 노리는 적의 빈틈은 얼마 되지 않았다. 아군의 틈은 적개심이 느슨한 자리에 드러났다.
 이성계가 적진의 연기를 바라보며 고개를 가로저었다. 말을 아끼던 배극렴이 정찰을 다녀온 무사에게 물었다. 배극렴의 입에서 무거운 바람이 불어갔다.

"적장의 관상이 어떠하던가?"

"살가죽이 얇은 얼굴이었나이다. 눈썹이 가늘고 눈이 잘 찢어져 먼 곳을 뚫어보는 듯했습니다. 그 이상 볼 수 없었나이다."

배극렴은 무사의 말을 곱씹었다. 간밤 배극렴의 이마 위로 부서져 내리던 달빛이 보였다. 이마가 반듯한 배극렴은 적장의 관상으로 전쟁을 예감하는 것 같았다.

칼날 같은 눈썹으로 먼 곳을 뚫어보는 눈매는 흔하지 않았다. 고양이 눈썹과 삵의 눈알로 전방을 주시하는 적장의 얼굴이 떠올랐고, 눈매는 차갑고 건조해 보였다. 눈썹이 하늘이고, 눈동자가 땅이면 천지가 맞닿은 자리에 운명을 펼칠 것이라던 개경 서문 밖 관상쟁이의 말이 떠올랐다. 임금을 두고 내린 관상쟁이의 괘는 쑥스럽고 황망했다. 하늘과 땅이 슬며시 맞닿은 황산벌에서 관상쟁이의 말과 무사의 말은 절묘하면서도 모질게 느껴졌다. 말과 말이 섞이면서 헛헛한 기억이 현실처럼 눈앞으로 밀려왔다.

이성계가 말에 올랐다. 배극렴이 갈기를 쥐고 한순간 말 등에 뛰어올랐다. 머릿속에 들끓는 소리를 지우며 이성계가 목소리를 높였다.

"적장의 관상 하나로 이 전쟁을 무마할 수는 없을 것이다.

각자가 지닌 총을 돌아보라. 멀리 있는 가족을 생각하라. 죽지 마라. 살아 돌아가야 가족도 볼 수 있다. 모두는 살고자 왔을 것이다. 적의 섬멸이 모두를 살리는 길이다."

전쟁에서 삶과 죽음은 단순하게 들렸다. 적의 섬멸이 곧 살 길이고, 적이 몰아오는 공세에 맞서 베고 찌르며 자르는 인멸의 순간순간이 모두를 살리는 길이라고, 이성계는 말하고 있었다. 아군의 대열 앞에 이성계는 살고 죽는 동기보다 베고 찌르며 자르는 결과를 원했다. 죽지않고 살아남는 전략은 모두가 하나로 집중할 때 가능하지 싶었다.

대열을 바라보며 배극렴이 목소리를 높였다. 목에서 굵고 단단한 복숭아씨가 보였다.

"출정, 출정하라!"

북소리가 들렸다. 깃발이 수직으로 뻗어 하늘을 향했다. 말발굽 소리가 바람 속에 밀려갔다. 직선으로 이어지던 긴 대열은 황산벌에 이르러 방사형으로 펼쳐졌다. 앞에 나간 망군이 산마루에 올라 적정敵情을 염탐하고 돌아왔다. 적은 흩어진 듯 보였으나 황산벌을 중심으로 집중되어 있다고 했다. 적은 중심을 분산시켜 주변을 장악했고, 주변을 모아 중심을 에워싸고 있다고 했다. 엇물리는 적의 분산과 교차하는 적의 집중은 황산벌을 뚫어 북진을 예감했다. 적군은 아군의 약점을 날카롭게 바라봤다. 뚫을 곳에 병력을 배치하여 정확히 뚫어가려 했다. 전쟁은 적의 예감 속에 들어 있었다. 전쟁은 아군의 예감에도 들어 있었다. 투항하지 않는 이상 서로의 목숨을 쥐고 끝까지 갈 것도 알았다.

*

 적진에도 북소리가 들렸다. 징소리가 섞여 있는 북소리는 둔하고 느리게 밀려왔다. 버려진 농토에서 적과 아군은 한바탕 교전을 앞두고 망설였다. 적과의 대치는 꿈속 같았다. 적의 숫자가 꿈을 깨고 생생한 현실로 밀려올 때, 이성계는 아군이 지닌 무의 수위를 생각했다. 아군에 맞서는 적의 숫자가 적이 지닌 무의 수위였다. 적의 숫자는 오천이 넘었다. 아군은 사천에 불과했다. 개경에서 출발할 때만 해도 일만의 군사를 모았으나 길 위에 흩어진 사연은 천 갈래로 나뉘었다.
 넘어지고 부러지고 깨지면서 삼백이 주저앉았다. 주리고 앓다가 기력을 잃은 삼백이 돌아갔다. 행군 길에 상상만으로 두려운 것이 많아 오백이 새벽안개를 뚫고 달아났다. 두고 온 아내와 어린 자식과 기르던 짐승들에 사무친 것이 많아 오백이 잠든 사이 고향으로 돌아갔다. 달아난 자들은 이번 전쟁이 끝나는 대로 기찰에 붙여 잡아들일 작정이었다. 문초를 내리고 주리를 틀어 전쟁에서 목숨을 던진 자들의 응분을 가라앉힐 작정이었다. 전쟁은 끝이 나도 마무리해야 될 일이 산재해 있었다.

 이성계가 대열을 갖추고 적진을 바라봤다. 눈을 부라리지 않아도 적정은 감이 왔다. 말없는 적과의 대치는 무의미했고, 교전을 앞둔 긴장만으로 어깨는 떨려왔다.

 전율로는 적과 맞설 수 없었다. 떨리는 몸으로 칼을 빼들며 이성계는 황산벌 전쟁에서 적을 용서하는 일이 없기를 바랐다. 적을 긍정하는 일도 없을 것이다. 적의 적장으로서 적의 칼과 활과 창이 닿지 않는 무의 위치에서 적을 베고 찌르며 잘라내길 바랐다. 적의 죽음을 비장으로 받지 않고, 아군의 죽음이 적에게 가상한 용기가 되기를 바랐다. 용맹한 적을 바라는 마음은 적의 적장으로서 소신이며, 칼이 서늘한 적을 원하는 마음은 적의 적장으로서 중한 판단이었다.

 적의 사기와 아군의 사기가 한곳에서 부딪힐 때 불꽃같고 폭풍 같아야 깨끗한 전쟁을 치를 수 있었다. 이성계는 적의 죽음이 목마른 땅에 묻히지 않기를 바랐다. 아군의 죽음이 메마른 흙 위에 흩어지지 않기를 바랐다.

 "높고 아름다운 나라 고려를 능멸한 죄, 고려의 백성을 업신

여긴 죄, 고려의 농토를 짓밟은 죄, 고려의 짐승을 수탈한 죄, 고려의 유산을 불태운 죄, 고려의 자연에 발을 디딘 죄, 그 각각의 죄상마다 고려의 존엄을 알게 하리라. 고려의 순수로 죄와 벌의 가치를 깨닫게 하리니……."

뱃속에서 올라오는 울분과 고통을 입 밖에 담을 때 이성계는 닭 모가지보다 못한 적으로서 연민을 알았다. 수확할 것 하나 없이 썩은 배추가 뒹구는 벌판에서 이성계는 전쟁이 품은 명분보다 죽고 사는 생사의 갈림길을 생각했다. 뜨거운 죽음을 생각했고, 식은 동맥을 생각했다. 무거운 죽음이 떠오를 때, 죽음마다 떨어져나가는 가벼운 생을 생각했다. 적의 죽음이든 아군의 죽음이든 살아 있는 동안의 추억도 함께 가져가길 바랐다.

전쟁 끝에 적으로 살아남든 아군으로 살아남든 삶의 진정은 살아온 날의 이야기가 각자의 유체와 함께 가면 좋을 것 같았다. 전쟁이 끝난 뒤 모든 죽음은 몸을 버리고 무위로 돌아갈 것도 이성계는 내다봤다.

호연지기

 진격할 때, 적진은 단숨에 으깨어지고 흩어져갔다.
 하늘에서 빗줄기처럼 화살이 날아들었다. 마른 오동나무 방패는 적의 화살을 물방울처럼 튕겨냈다. 칼을 움켜쥐고 적진으로 뛰어들었다. 이성계를 태운 불의 질주가 들과 산과 강을 흔들었다. 칼을 휘두를 때 적들은 사지를 버리고 맨몸으로 칼을 받았다. 적들은 나무토막처럼 쓰려져 누웠다. 쓰러지는 적들 사이에 아군의 함성은 밀려가는 물살 같았다.
 배극렴의 신호에 맞춰 궁사들이 화살을 띄워 적진으로 보내면 마른 시위마다 쇳소리가 났다. 적들의 사지에 박혀들 때 화살은 소리를 죽였다. 화살을 맞은 말들이 적과 함께 바닥에 머리를 박았다.
 이성계는 살려둘 수 없는 적의 목과 목 잘린 몸으로 들판에 버려지는 아군의 시체를 생각했다. 물러설 곳이 없는 절박한 몸으로 적과 아군은 서로를 베고 찌르며 잘랐다. 잘린 적의 목과 아군의 목이 들판에서 이름 없이 버려지는 시간에 이성계는 간밤 적진에서 승무를 추었다는 비구니를 생각했다. 달빛 아래 스러질 듯 이어지던 춤사위를 생각했고, 춤사위 너머 교교히 잠든 적진을 생각했다. 비구니와 함께 끌려간 고려의 아녀자들은 적진에 남아 살았는지 죽었는지 알 수 없었다.

배극렴을 불러 명을 내렸다. 이성계의 목에서 고려의 울분이 말발굽 소리에 섞여 헛헛하게 들렸다.

"적진으로 가라. 붙들려간 아녀자들이 있을 것이다. 살려서 데려 와야 한다. 비구니도 있다고 들었다. 함께 구출해서 오라."

제.

배극렴은 조용한 눈으로 대답했다. 짧은 대꾸가 마음에 들었다. 이성계의 명을 배극렴은 말보다 칼로 보여줄 것 같았다. 언어가 무거운 무신의 가호는 외로워 보였다. 돌봐줄 무엇도 없이 무신은 저 스스로를 지킬 때 살아남았다. 배극렴의 무는 적의가 무화된 자리에서 물러설 곳이 없는 거친 전투를 원하는 것 같았다. 적의 적장으로서 배극렴은 외로워도 두려움이 없어 보였다. 다섯 명의 무사와 배극렴은 말에 올라 달렸다. 뿌연 흙먼지가 말발굽 아래 피어올랐다.

 아군은 틈을 주지 않고 적을 벴다. 날이 흐려도 적의 몸에 닿는 순간 고려의 칼은 고려인의 피와 땀과 눈물을 머금고 지나갔다. 칼이 지나간 자리의 단면은 붉고 선명했는데, 붉은 살결은 적이든 아군이든 뜨겁고 부드러웠다. 서로의 칼이 서로를 겨눌 때, 이성계는 칼에 베어지는 숫자보다 잘려나가는 목과 팔과 사지의 무게가 말 모가지보다 가벼운 것을 알았다. 각자의 칼은 각자의 나라에 세운 임금을 위한 것이고, 백성과 그 가족을 위한 칼일 것인데, 칼은 휘두르는 순간 그 모두를 망각한 듯이 보였다.

 적의 기병은 말과 함께 쓰러져갔다. 말에서 떨어진 적은 아군의 칼에 목이 잘리거나 팔다리가 잘려나갔다. 아군의 칼이 적을 향해 뻗어 가면 칼은 지나갈 곳을 정확히 찾아갔다. 아군의 칼은 가볍고 단단했다. 거침없이 적을 베고 찔렀다. 적의 저항은 무모하고 외람돼 보였다. 이길 수 없는 전쟁에서 사지를 버리는 것은 굴욕과 다르지 않았다.

 이성계는 황산에서 고려의 용맹과 호연지기를 바라봤다. 위선과 오만에 젖은 궁성의 문신들과, 날이면 날마다 실세와 허세를 오가는 무신들의 날선 위엄보다 과묵해 보였다. 흩어지는 적을 바라보며 이성계는 승전을 예감했다.

무너지는 적들 사이에 아군의 병기는 칼과 창만으로 요긴해 보였다. 고려 무사들은 틈 없이 베었고, 거침없이 몰아갔다. 불필요한 살육보다 쟁의 종식을 위해 신속히 적을 벴다. 황산에서 고려 무사들은 일체의 동작과 안무로 춤을 추는 것 같았다. 칼을 쥔 팔등신으로 오래전 배운 춤을 추는 듯했다. 목이 긴 학들의 군무를 보는 것 같았고, 먹잇감을 노리는 항라사마귀의 날카로운 갈퀴를 보는 것 같았다. 아군의 칼은 베는 목적보다 전쟁의 끝을 가늠하는 벰의 효용을 생각하는 것 같았다.

*

 갱-, 화살이 허공을 가르는 소리를 냈다. 눈을 부릅뜨자 이성계 앞으로 셋의 적군이 달려들었다. 적군의 칼은 빠르고 정확했다. 피할 새 없이 적군의 칼이 이성계의 갑옷을 스치며 지나갔다. 갑옷이 잘려나가면서 적의 칼은 여백 없이 불의 목을 베고 지나갔다.
 이성계가 칼을 휘둘렀다. 적군이 차례로 쓰러졌다. 쓰러질 때 적군은 마른 나뭇가지 부러지는 소리를 냈다. 이성계가 돌아봤다. 목이 꺾인 불은 한참이나 이성계를 바라봤다. 불의 눈동자 안쪽에 일그러진 얼굴이 비쳐들었다. 적의 칼날이 불의 몸속에 잠재된 고통을 깨우는 것을 알았다. 이성계가 불을 끌어안았다.

"괜찮은 것이냐?"

불은 대답하지 않았다. 히힝―, 노피곰 멀리 울지도 않았다. 천진한 눈으로 이성계를 바라보며 어릴 적부터 달려온 내력을 추억하는 것 같았다. 오래전 붉은 두건의 오랑캐를 섬멸하고 돌아오는 길에 압록강 언저리에서 이성계는 불은 놓고 언약했다.

… 나로부터 너의 고락을 쥐고 흔들지 않으마. 밀려오는 전쟁마다 너의 생사를 걸지 않고, 바람 불고 눈비 내리는 어느 녘이든 너의 죽음을 허락하지 않으마…….

그 약속을 지켜주지 못해 죄스러웠다. 먼 길을 달리고도 뜬 눈으로 기다리던 정성을 갚지 못해 다시 죄스러웠다. 가는 자리마다 안식을 주지 못해 쓰라렸고, 잠들 때 아늑한 자리를 내주지 못해 안쓰러웠다. 주인의 자격으로 고락을 쥐고 흔들었으며, 적의 칼날에 생사를 걸어 황망했다.

불은 치명적인 눈으로 이성계를 바라봤다. 불의 눈동자 안쪽에 고려의 산하가 조용히 끓어올랐다. 불의 눈동자에 비쳐든 자신을 바라보며 이성계는 눈두덩을 눌렀다. 고작 이천 명의 사병과 출정한 홍건적과의 전쟁에서도 불은 살아남았고, 그 후로도 불은 곁에 남아 있었다. 오랜 시간 불과 함께 달려온 거리만 구만 리가 넘었다. 말 등에서 세 번째 똥꾸녕이 찢어지던 날, 이성계는 불의 등에 납작 엎드려 격한 고통을 참으며 겨우 살아남았다.

쓰러진 아군의 숫자에 비하면 불의 부상은 사치였으나 중한 상처를 입어 두고 볼 수만은 없는 노릇이었다. 불은 이 순간에도 달리고 싶은지 조용히 뒷발을 쟀다. 마지막으로 이성계를 태우고 황산을 누비고 싶은 충동은 불의 모진 질주본능에서 오는 듯싶었다. 갑옷 속에 두른 목도리를 벗어 불의 목에 감아주었다. 목도리에 피가 배어들었다.

불의 피가 바닥에 떨어져 내리는 동안에도 적과 아군의 대치는 이어졌다. 이성계는 칼을 쥐고 베고 또 벴다. 불이 비척거리며 발을 재는 동안에도 이성계의 칼은 멈추지 않았다. 운봉고원 가까이 해가 기울어갈 때까지 이성계는 칼을 놓지 않았다. 칼날 위로 남은 해가 맺혀들 무렵 이성계는 칼을 멈추었다.

멀지 않은 자리에서 불은 홀로 서서 이성계를 바라봤다. 바람이 동에서 서로 불어 가는지, 남에서 북으로 불어 가는지 알 수 없었다. 시간이 사라지거나 멈춘 자리에 불은 홀로 서 있었다. 과거의 불과 지금의 불은 너무도 달랐다. 그 다름이 고통으로 왔다. 바람 속에 밀려가는 화살이 보였고, 불의 눈동자에 봄과 여름과 가을이 지워진 겨울이 보였다. 거친 눈보라가 불어가는 불의 눈을 바라보며 이성계는 전쟁의 끝을 생각했다. 눈이 시렸다.

전쟁의 조건

 섬멸에 임박할 때, 배극렴이 적장을 사로잡아 왔다.

 적장은 무겁고 날카로워 보였다. 끝나질 않은 운명을 고려에 묻을 조건으로 적장은 끌려왔다. 아지발도의 눈에 황산 노을이 비쳐들었다. 멀지 않은 자리에서 숨을 몰아쉬는 불의 눈에도 노을은 빛났다.

 적장보다 불을 먼저 보내야 하는데, 극심한 고통을 안고 주인을 기다리는 불의 복종은 짐승으로 태어나 단 한번 거역하지 않은 것만으로 명백했다. 주인에 대한 복종과 저 스스로 달리고픈 본능이 고통보다 더 큰 것을 아는 듯했다. 죽음을 가로지르는 복종은 복종이 아니라 저 스스로 짐승이길 포기하는 것에 지나지 않았으나 불의 생각은 다른 것 같았다. 이성계도 알았고, 불도 알았을 것이다.

고통을 넘어설 그 무엇도 세상에 있지 않다는 것을 불은 처음부터 망각한 모양이었다. 치명의 상처를 입은 즉시 고통을 덜어주어야 하는데, 이성계는 불의 생사를 결정할 권리를 불에게 주고 싶었다. 불이 보내는 생명의 신호는 저 스스로 결정할 때 미련도 없을 것 같았다. 꺼져가는 생명의 불꽃은 천한 짐승으로 태어나 처음이자 마지막으로 선택한 결정이 될지 몰랐다. 이성계는 후회하지 않을 조건으로 불을 보내고 싶었다.

배극렴이 아지발도를 꿇어 앉혔다. 통역할 적군을 포박해 무릎을 꿀렸다. 적장을 심문해 붙들려간 고려인의 생사를 확인하는 것이 먼저였다.

배극렴이 나직이 말했다. 목에서 낮에 빛나던 쟁의 찌꺼기가 묻어왔다.

"적진을 샅샅이 뒤졌으나 고려의 아녀자를 찾지 못했습니다. 적진 모퉁이에 버려진 천막에 여승이 목탁 대신 손으로 깎은 부처 머리를 쓰다듬으며 고려의 왕생을 도왔습니다."

이성계가 고개를 끄덕였다. 쟁의 끝자락에서 마주한 적장은 담담하고 과묵했다. 패한 적장으로서 위축은 조금도 보이지 않았다. 적장의 담담함이 답답했다. 답답함이 승전을 쑥스럽게 했다.

"여승은?"

"데리고 왔습니다."

해지는 시간에 흰 고깔을 쓴 여승의 얼굴은 수척해 보였다. 고깔 너머 파란 삭발 머리는 볼 수 없었다. 앙상한 몸으로 밤 사이 승무를 추었을 여승을 생각하면 마음이 좋지 않았다. 이성계는 무엇도 묻지 않았다. 물을 수 없는 이유가 여승에게 있는지 그마저 알고 싶지 않았다. 고려의 백성이므로, 고려의 절에서 끌려왔을 것이고, 살아 있다면 그것으로 족했다.

끌려온 적군에게 물었다. 이성계의 목에서 숨 가쁜 의구와 끓는 적개심이 묻어왔다.

"통역하라. 끌고 간 고려 아녀자들은 어떻게 했느냐?"

말길을 알아들었는지 이마부터 정수리까지 훤히 트인 꽁지머리 적군이 적장에게 통역했다. 아지발도에게 전할 때 바다 건너 섬나라 언어는 날렵한 칼로 고르게 발라낸 생선 가시 같은 질감을 실어왔다. 고려의 언어에 맺힌 별과 물과 바람의 무늬와는 너무나 달랐다. 섬나라 언어는 들도 보도 못한 피리소리를 실어왔다.

적군이 통역해서 말했다.

"날이 밝아 올 무렵 돌려보냈다. 모두 살아서 돌아갔다."

그 말을 믿어야할지 버려야할지 알 수 없었다. 이성계가 조용히 물었다.

"말길을 알아듣는 걸 보니 먹통은 아니구나. 고려 말은 어디에서 배웠느냐?"

적군이 머뭇거렸다. 배극렴이 다그쳤다.

"고려 말은 누구에게 배웠느냐?"

눈을 흘깃거리던 적군이 겨우 뱉었다.

"조부 때 계룡산에서 건너와 살았다."

적군을 본 순간부터 고려인의 눈과 닮은 것을 알았다. 고려를 떠난 자들이 바다 건너 섬나라 사람과 합심해 터를 잡고 살아가고 있다는 소문은 오래 전부터 돌았다. 은밀할 것도 없이 소문은 그때마다 조정의 무능을 꾸짖었고, 문무의 갈등을 가져왔다.

도예와 보석을 다루던 유능한 기술자들이 고려의 천대와 환멸을 견디지 못해 떠났다고 했고, 문무 대신들의 비선놀음을 지켜보지 못하고 떠났다고도 했다. 어디로 보나 고려의 조정을 업신여긴 것이었으나, 내부 사정은 늘 문신들의 허세와 무신들의 권력 아래 희생된 자들이 대부분이었다.

"너의 조부는 고려보다 섬나라가 더 좋다고 했느냐?"

"그런 말은 들은 적이 없다. 아비와 어미는 고려를 좋은 나라라고 했다."

이성계는 고려에서 버려지고, 고려에서 밀려나간 유민들의 슬픔을 알았다. 생이 척박한 고려인들의 고초는 생을 걸고 적국으로 건너갈 만큼 한의 여정으로 이어졌다는 것도 알았다. 문무 대신들로 알았을 것이고, 임금도 알았을 것이다. 알아도 입에 올릴 수 없는 유민들의 유랑은 언제까지 이어질지 알 수 없었다. 무운을 싣고 바다를 건널 때 목숨은 한갓 물비늘에 지나지 않았을 것 같았다. 용기와 무운은 섞이지 않는 것이며, 비겁과 나약과 용기는 하나의 마음에서 나오는 것도 알았다.

이성계는 물거품처럼 일어서는 적개심을 다독이며 적군에게 말했다.

"그런 자의 자손이 어찌 조부의 나라를 짓밟고 있느냐?"

"짓밟은 뜻은 없었다. 알고 배우고자 배를 띄웠다."

적군이 말할 때 몸 속 아득한 곳에서 일어서는 적개심의 진원을 알 수 없었다. 물을 때 마음이 조급해지는 것 같았다.

"알고 배우다니, 무엇을 알고 배운단 말이냐?"

적군의 표정이 난감했다. 스스로 답하기엔 한계가 있는 듯했다. 목숨을 걸고 건너온 나라에서 굴욕으로 끝을 맺는 전쟁은 배움의 가치를 생각하고도 남을 것 같았다.

적군이 아지발도에게 섬나라 말로 물었다. 아지발도의 표정이 얼어붙었다. 생각 끝에 아지발도가 적군에게 나직이 말했다. 적군이 아지발도의 말을 받아 통역 했다.

전쟁의 조건 81

"금맥과 금강 원석이 묻힌 곳을 아는 아이가 있다고 들었다. 심미안을 소유한 아이가 고려에 있다고 들었다."

이성계는 놀라움을 감추지 못했다. 당황한 기색이 떠올랐고, 헛기침이 나왔다. 적군의 한마디에 불의 생사는 저만큼 밀려나가 머리 밖에 돌았다. 불모의 이야기가 어느새 바다 건너 섬나라까지 전해졌는지 알 수 없었다.

*

심미안의 아이.

극도로 예민한 사안이었다. 왕가의 모두가 입에 올리길 꺼려했다. 문무 대신들도 함부로 입에 올릴 수 없었다. 무거운 골자로 묶인 아이는 존재부터가 불가사의였다. 소수 비선의 비선들만이 그 아이를 찾느라 혈안이 되어 있었다. 그 아이가 지닌 능력은 천干의 눈에 가까웠다. 무엇이든 뚫어보고 어떤 것이든 눈앞에 불러온다고 했다. 금맥과 금강석뿐만 아니라 세상에 널린 모든 사람과 짐승과 돌과 쇠와 물과 나무의 자리를 찾아내고, 바람의 시원과 바람이 불어가는 끝을 찾아낸다고 했다. 천리안이라고도 했으나 심미안이 더 정확한 것도 알았다.

심미안 審美眼

 그 아이의 능력은 어느 누구도 볼 수 없는 미세한 아름다움을 바라보는 것에서 시작됐다. 달과 해가 겹치던 날 우연히 알아차렸다. 달 뒤편으로 해가 숨어들던 시간, 천지는 먹물 같은 어둠에 휩싸였다. 아이의 눈에서 휘황한 광채가 나왔고, 해와 달이 서로 밀고 당기는 관성으로부터 아이의 심미안은 시작됐다.

 믿을 수도 버릴 수도 없는 이야기였으나 전하는 사람마다 이야기에 이야기가 보태져 점점 알 수 없는 신비로 굳어져갔다. 아이의 존재는 허상과 신비 사이를 오르내렸으나 누구도 직접 만나거나 보지는 못했다. 풍문으로 떠도는 이야기의 진실은 심미안의 아이 자신만 알 뿐이었다. 아이는 생이 움트는 위치에서 생이 사라지는 곳을 찾아 떠나기를 원했다.

이성계가 무뚝뚝한 얼굴로 물었다.

"배우겠다는 말은 헛수작이고, 속셈은 그 아이를 바다 건너로 데려 가려는 것 아니냐?"

적군이 아지발도에게 물어서 통역했다. 적군이 말할 때 아지발도의 표정은 상심에 젖은 듯이 보였다.

"고려는 너무 강하다. 약소한 섬나라는 그 아이가 필요하다. 그 아이에게 천년 동안 이어갈 심미안의 전통을 배우고자 왔다. 그 아이만 내준다면 다시는 고려를 넘보는 일은 없을 것이다."

베어야한다고 이성계는 생각했다. 머리끝까지 치밀어 오르는 적개심을 누르고 간신히 뱉었다.

"어디서 황당한 말로 속이려하느냐? 그 아이가 고려에 있다한들 내줄 것 같으냐?"

서늘한 저녁 바람이 등짝을 타고 밀려왔다. 이성계는 심미안의 아이를 생각했고, 그 아이와 무관한 꿈속을 걷는 아이를 생각했다. 그 아이라면 꿈속에서라도 심미안의 아이를 만날 수 있을 것 같았다.

동편 하늘 모서리에서 달빛이 밀려왔다. 꿈속에 건네받은 금척은 지금도 유효한지 알 수 없으나, 이성계는 적장 아지발도를 앞에 두고 베어야할지 살려야할지 망설였다.

적군이 섬나라 말로 적장에게 말했다. 적장이 적군에게 말하고, 적군이 고려 말로 통역했다.
"고려 땅에 건너와 많은 것을 봤다. 불심으로 판각한 대장경엔 고려의 원대한 꿈이 서려 있었다. 대장경 하나로 고려가 강한 것을 알았다. 더 이상 미련은 없다."
"살려주면 돌아가 섬나라 왕께 고하겠느냐? 고려는 넘볼 수 없는 나라이며, 고려는 높고 아름다운 나라라고. 고려는……"
 고려는, 저 스스로 높아진 것이 아니라 오랜 시간 나라의 기근을 삭이며 달려왔으며, 저 스스로 아름답고자 외로운 근성으로 천년을 견디어왔다고, 고려는 천년을 거슬러 하나의 태동과 맥박으로 이어진 나라라고…….
 적군의 통역이 적장에 귀에 가서 닿을지 알 수 없으나 이성계의 머릿속에 그려진 고려의 지도는 대륙을 향해 뛰어오르는 범의 형상을 보였다. 고구려·백제·신라와 더불어 가야의 난세를 끌어안고 고려로 이어지는 계통과 역사를 적장이 알아주질 바랐다.
 적군이 아지발도의 의중을 통역해서 전했다.
"패전과 투항은 다르다. 치욕을 안고 돌아갈 수 없다. 차라리 죽음으로 굴욕을 씻겠다."
 아지발도는 고려에서 죽어가길 원했다. 적의 적장으로 패전의 수치를 안고 돌아갈 수 없다고 했다. 적장은 스스로 배를 갈라 죽기를 바랐다. 이성계는 적개심을 누르고 기어이 적장을 살려서 돌려보내고자 했다.

"돌아가 고려의 뜻을 전하라. 정중히 배우고자 청하면 가르쳐 줄 것이다. 머리 숙여 손 내밀면 나눌 것이다. 고려는 더불어 살기를 바란다. 고려는 순하고 조용한 나라이다."

목숨을 놓고 적장은 흔들림이 없었다. 스스로 높여 아름답고자 하는 목숨은 모두 같다는 생각이 들었다. 황산벌에서 아군도 적군도 살아남기를 바라며 죽었을 것이고, 더러는 바라지 않는 몸으로 죽어갔을 것이다.

들판 언저리에서 스산한 바람이 불어왔다. 잎을 떨군 꽃들이 발아래 쓸려갔다. 아지발도는 젖은 눈매로 빈 하늘을 응시했다. 눈빛이 어디로 가든 고려 영토 안에 돌았다. 적군이 아지발도의 말을 전했다.

"죽여라. 여기에 피를 묻고자 한다."

적군이 전한 적장의 말은 죽고자 하는 마음보다 살고자하는 뜻이 더 크게 들렸다. 말 속에 삶과 죽음은 뒤엉켜 있었는데, 삶을 덮는 죽음보다 죽음을 덮는 모순이 더 완강해 보였다. 희구와 염원이 뒤섞인 적장의 말 속에 모두는 살고자 하는 마음이 더 강한 것을 알았다.

"그 피가 고려를 더럽힌다는 생각은 할 수 없느냐?"

아지발도를 바라보는 이성계의 눈빛은 붉고 침울했다. 고려 땅을 뭉개고 고려의 백성을 짓밟은 이유만으로 죽음을 원하는 적장의 바람은 결국 삶일 것이다. 저마다 생각에 잠겨 말을 삼키는 순간에도 이성계는 꺼져가는 불의 숨결을 생각했다.

"……."

적장은 더 이상 대꾸하지 않았다. 불의 숨통이 가빠오는 시간에 적장과 밀고 당기는 심리전이 정확한지 알 수 없었다. 알 수 없는 생각은 낮에 빛나던 것들이 느슨히 풀어지는 시간에 더 또렷이 밀려왔다.

이성계가 배극렴에게 말했다. 배극렴의 눈빛은 차갑고 조용했다.

"적진으로 데려 가라. 그곳에서 살든 죽든 알아서 결정하라고 전하라. 적의 적으로서 고려가 줄 수 있는 것은 이것뿐이다. 적장이 죽고자 애태우거든 여승에게 고려의 불심으로 저 가고자 하는 길을 열어주게 하라."

적장이 가고자 하는 길은 아마도 저승길일 것인데, 가본 적 없는 그 길은 멀고 막막해 보였다. 불심으로 두드리면 길이 열릴지 닫힐지 알 수 없으나, 어디를 가더라도 비척거림 없는 곳으로 가길 바랐다.

 이성계는 적장이 지녔을 전쟁의 무게를 생각했다. 아군이 지녔을 전쟁의 질량을 생각했다. 전쟁터마다 달랐을 전쟁의 무게는 생존과 죽음의 불가역성을 놓고 하루를 생떼처럼 잘라 내거나 하루에 하루를 봉했을 것이다.

 배극렴이 병사들을 시켜 적장과 적군을 일으켜 세웠다. 적장은 겨우 일어섰다. 통역하던 적군이 눈물을 찔끔거렸다. 아지발도가 비틀거리며 앞서 걸었다. 적군이 눈물을 훔치며 뒤따라 걸었다. 안개를 뚫고 멀어져가는 적장과 적군을 바라보며 이성계가 한숨 쉬었다.

*

 전쟁마다 밀려오는 숙적을 생각했다. 모든 적은 한결 같았다. 하나 같이 무능했고, 하나같이 적개심을 몰아왔다. 적들은 하나 같이 죽음을 걸고 살아남고자 했다. 모두는 살아남을 염원으로 죽어가거나 죽어갈 조건으로 살아남지 싶었다. 불은 죽음으로 살아남을지, 삶의 조건으로 죽어갈지, 알 수 없었다.

 가까이 다가갔을 때, 불은 아물지 않는 상처로 피를 쏟았다.

목을 깊이 베인 불의 상처는 눈동자만큼이나 치명적으로 보였다. 등짝을 쓰다듬자 불은 조용히 울었다.

"너는 버릴 수 없는 운명이다. 운명이란 둘로 쪼개지고 가뭇없이 흩어질 때 아름다운 것이야. 오늘은 날이 좋구나. 날이 흐려도 너는 나와 하나였고, 너는 어디든 나와 함께 뛰었다. 이 세상의 너와 저 세상의 너는 같을 게야. 이 세상의 달빛으로 저 세상의 너를 추억하마. 울며 가야한다. 불아."

말을 알아들었는지 불은 한참이나 젖은 눈으로 이성계를 바라봤다. 짧은 울음 끝에 고개를 끄덕이며 불은 조용히 걸음을 뗐다. 불의 보폭은 느리고 게을러 보였으나 욕정을 버린 깨끗한 몸으로 마지막 순간을 발굽 아래 집중시키는 듯했다. 불은 멀지 않은 자리에서 허물어져 내렸다. 오래도록 함께 달려온 불의 스러짐은 달빛보다 창백하고 시렸다. 볕이 고른 자리에 무너지듯 주저앉고는 불은 다시 소리 내어 울었다.

불의 운명은 이성계의 예감 속에 있는 것 같았다. 몸에 붙은 질주본능을 버리면서 불은 제 운명의 종착지에 비로소 몸을 뉘었다. 가쁘게 밀려오는 생의 찌꺼기를 한 번에 털어내고는 불은 짧은 숨을 몰아쉬다가 죽었다.

불은 북쪽 하늘 모서리에 한 점 별이 되지 싶었다. 밤마다 고려의 꿈을 걸고 동에서 서로 밀려갈 것이다. 북두에 올라 주인의 무운을 빌며 밤사이 소멸하는 별이 될지 몰랐다.
 이성계의 바람은 거기까지였다. 바랄수록 더 멀어지는 희망은 손과 마음과 머리에서 놓아줄 때 무궁한 곳으로 오를 것이다. 이성계의 눈가에 물이 고여 들었다. 눈 속에 불을 담고 오래도록 자리를 뜨지 못했다.

외롭고 쓸쓸한 죽음

 밤사이 목이 쉬도록 울던 부엉이가 아침 일찍 일어나 들판에 버려진 시체를 쪼아댔다. 운봉고원을 가로질러 불어온 바람이 황산벌 위에 버려진 비린내를 멀리까지 실어 날랐다. 시신을 한 곳에 모아 적과 아군을 구분해 묻고 병기를 수습했다. 대열을 정비하고 주먹밥을 아군에게 먹였다.
 꿈과 무관한 긴 싸움에서 이성계는 꿈속을 걷는 아이를 생각했다. 승전을 예고한 그 아이는 더 이상 꿈에 나타나지 않았다. 견훤 왕이 건네준 금척이 이 전쟁에서 효력을 보였는지 알 수 없었다.
 황산벌 전투는 꿈과 현실을 교묘히 이어놓은 것 같았다. 꿈속의 몸은 가벼웠으나 현실의 무게는 무겁고 버거웠다. 적의 죽음 위로 겹쳐진 아군의 죽음은 눈물겨웠다. 먼 고향을 떠나와 의롭게 죽어간 아군의 죽음은 덧없진 않았으나 살아남은 자의 눈물 앞에 모두의 죽음은 가뭇없고 허랑했다.

누군가의 자식이거나 아비였을, 누군가의 형이며 아우였을, 누군가의 연민이고 그리움이었을 생떼 같은 아군의 죽음을 바라보며 이성계는 목을 떨구었다. 어깻죽지가 떨렸고, 차돌 같은 눈물이 바닥에 떨어져 내렸다. 살아남은 자로서 이성계는 목 놓아 울 수 없었다. 생면부지의 죽음은 모두 꿈결 같았다.

죽음은 지나쳐온 생애가 덧없이 사라지는 것이 아니라, 새로운 시간 안에서 새로운 옷과 혼을 불어넣어 마침내 그 존재를 뜨겁게 하는 것. 꿈의 자락을 여미는 일은 한줄기 바람 부는 언덕에 서서 몽상에 젖는 것이며, 죽음은 단순하면서 무거운 것이라고, 이성계는 생각했다.

눈은 먼 왕궁은 향했다. 소나기가 내릴 때 시간이 멎은 듯이 보였다. 비를 뚫고 배극렴이 걸어왔다. 여승이 걸어와 손을 모았다. 돌아가기 전에 불심을 전하려는 것 같았다. 여승의 눈매가 처연하고 조용했다.

배극렴의 입에서 아지발도의 마지막 모습이 보였다.

"적장 스스로 배를 갈라 죽어갔습니다."

살아 돌아가는 것을 부끄러움으로 여긴 적장의 최후는 빗줄기를 딛고 스산하게 들려왔다. 수치와 굴욕을 버린 적장의 죽음은 무겁고 고요했다. 죽을 때 모두는 흰 옷을 입고 하양으로 채색된 길을 걸어가는 것 같았다. 이성계의 입에서 물줄기 소리가 들렸다.

"모두의 죽음에는 생존의 뜨거움이 담겨 있다. 적의 죽음도 아군의 죽음도 속과 껍질을 나누지 않고 다 가져가니 가엾다."

··· 멀고 아득한 생존이여, 아름답고 고요한 것들이여······.

피곤이 몸을 덮쳐왔다. 오래전부터 쉬고 싶던 몸은 적장을 보낸 뒤 지쳐오는 것을 알았다.

추웠다. 빗물이 등줄기를 파고들 때, 적장의 죽음은 가느다란 연민으로 왔다. 죽음은 연민을 싣지 않고 까닭을 묻지 않으며 사연을 품지 않아야 그 죽음을 뜨겁게 하는 것이라고, 이성계는 알았다. 죽음은 모든 것을 거는 것이라고, 죽음이 누르는 무거운 길을 가벼이 여기지 않아야 한다고, 오래전 배운 것이 생각났다.

이성계는 울먹이지 않았다. 벌판 한곳에 몸을 누인 자들의 외롭고 쓸쓸한 죽음을 바라봤다. 죽은 자들의 얼굴 위로 빗물이 튕겨나갔다. 이성계가 조용히 물었다.

"마지막으로 가는 적장의 얼굴은 어떠했느냐?"

"적장이 배를 열자 곁에 있던 적군이 적장의 목을 한 칼에 베었습니다. 여승이 적장 앞에 아미타여래를 불러 염불을 외우고 목탁을 두드렸나이다."

고통 없이 갔을지, 고통에 찬 얼굴로 갔을지 알 수 없었다. 배를 연 적장의 숨을 단숨에 끊고자 칼을 쓴 적군의 판단은 옳았을지 몰랐다. 여승이 염불을 읊조리고 목탁을 두드렸다면 외롭지는 않았을 것 같았다. 치명의 상처로 비틀거리던 불의 고통도 단숨에 끊어주는 게 옳았는지 알 수 없었다.

황산벌에 버려진 모두의 목숨 앞에 이성계는 눈이 시리고 콧속이 매웠다. 손바닥을 모으고 죽은 것과 죽은 자들을 생각할 때, 불과 아군과 적과 적장이 걸어갔을 하얀 길이 떠올랐다. 죽은 뒤 모두는 자연으로 돌아가 깨끗한 풀과 나무와 바람으로 다시 태어나거나 저마다 바라는 윤회의 길을 걸어가길 빌었다.

*

산에서 늑대가 울었다. 울음과 울음 사이 피리소리가 들려왔다. 이성계가 물었다.

"마지막까지 남아 있던 적군은 살려 보냈느냐?"

"죽일 수 없었습니다. 적장의 수급을 상자에 넣고 소금으로 재운 뒤 한참을 울었습니다."

적군이 흘린 눈물과 울음은 날것으로 왔다. 적군의 눈물은 고려의 정서로는 이해되고 남았으나 적의 적장으로서 낯선 감정으로 왔다. 다른 성질의 감정과 다른 계통의 사유는 적개심과 무관한 지점에서 이성계를 낯선 곳으로 데려갔다. 적장에 대한 감정은 차갑고 무뚝뚝했으나 적장의 죽음에 든 질감은 달랐다. 소금에 절인 적장의 목을 떠올리며 이성계는 죽음에 든 가치를 생각했다.

"고려 땅을 짚신처럼 유린하고 살생을 물같이 누린 적장이다. 썩기 전에 저 나라에 가져가 본보기가 되어야 다시는 고려를 넘보지 않을 것이다."

바다 건너 섬나라에서 적장의 수급이 본보기가 될지 앙갚음이 될지 알 수 없었다. 고려의 땅을 침공하면 잘린 목으로 돌아가거나 그마저 고려 땅에 버려질 수밖에 없는 진실만은 알릴 수 있을 것 같았다. 무지와 몽매의 나라가 아닌 바에야 수급을 받는 나라에서 고려 무신의 집념과 적의만큼은 알아주길 바랐다.

이성계가 덧붙였다.

"살려주길 원해도 적장 스스로 택한 죽음이다. 그만하면 적장에 대한 예우는 충분할 것이다."

"적군이 수급을 놓고 두 차례 절을 올린 뒤 말에 올랐나이다. 헌데, 웬 사내아이가 적군과 함께 자리를 떠났습니다."

이성계의 눈이 동그랗게 뜨였다. 다급한 목소리로 물었다.

"사내아이, 사내아이라고 했느냐?"

"차림이 고려 아이 같았는데, 까만 천으로 눈을 가리고 있었습니다."

이성계는 숨을 멈추었다. 알 수 없는 불안과 불길한 기분은 삽시에 밀려왔다. 머릿속을 스치는 생각은 하나뿐이었다.

심미안의 아이.

섬나라 적들이 그토록 찾고자 애태웠다는 아이를 떠올리며 이성계는 입을 다물지 못했다. 그 이상 생각할 수 없고, 더 이상 떠오르지 않았다. 생각은 극도로 떨리는 손끝에서 머리까지 예민한 박동으로 올라왔다.

"사내아이는 누가 데려왔느냐?"

그제야 사안이 중한 것을 알아차린 모양이었다. 배극렴이 굳은 얼굴을 보였다.

"그리고 보니 적진에 당도할 때부터 줄곧 여승과 함께 있었습니다."

"여승의 아이란 말이냐?"

까만 천으로 눈을 가린 아이의 정체를 심미안의 아이로 단정할 수 있는 단서는 무엇이 될지 알 수 없었다. 아이 하나로 전쟁을 이기고도 내주어서는 안 될 것을 내준 건 아닌지 의심스러웠다.

이성계가 한숨 쉬었다. 배극렴이 눈을 바로 떴다.

"장군께서 염려하는 그 아이가 아닐 것입니다. 적군과 함께 말에 오른 아이는 단지 길을 안내하기 위해서일 것입니다."

배극렴은 그렇게 말했으나 이성계의 판단은 달랐다. 배극렴의 말은 이성계의 판단과 무관한 지점의 생각일 뿐이었다. 배극렴이 알고도 그 아일 보내지는 않았을 것이다. 적장에 대한 예우가 잘한 일인지 알고 싶지 않았다. 지나친 예가 오히려 독이 되어 올 것도 내다봤다.

"어느 쪽으로 갔느냐?"

"경상도 상주 해안 쪽으로 길을 잡았을 것입니다."

"추격대를 보내라. 살려 보낸 적군을 문초하고 그 아이를 찾아와라. 반드시 그 아일 데려와야 한다."

왕가의 모두가 말을 아끼고 감추는 데는 이유가 있었다. 땅과 들과 산과 물길에 감추어진 아름다움만 찾아내는 것이 아니라, 심미안은 생각 너머 그 이상의 것을 바라보고 찾아내므로 위험하고 불미했다. 천의 눈은 얼굴만으로 그 사람의 마음과 행실을 읽는 관상쟁이와 달랐다. 사주와 팔자를 구슬처럼 꿰어 앞날의 행보를 작두 위에서 맞닥뜨리는 무당과도 달랐다. 사람의 얼굴을 해부하지 않아도 그 속을 뚫어보는 아이의 능력은 신기神氣에 가까웠다. 세상 속에 숨은 비기秘機를 찾아가는 아이의 눈은 초자연에 가까웠다.

피리소리

 심미안의 아이가 적군의 손에 넘어갔다는 말이 왕가의 귀에 들어가는 날엔 천지 밖으로 쫓겨날 중대 사건이 될 것이다. 실세와 비선들의 귀에 들어가는 날엔 뒤집힌 눈마다 입에 거품을 물고 극형을 내릴 것이다. 입에 올릴 수 없는 골자는 감추어질 때 모두에게 헛것이 되고, 세상 밖으로 사라질 때 비로소 날것의 이야기로 돌고 돌 것이다.
 이성계는 천의 눈을 가진 아이를 찾아 데려와야 할지, 이쯤에 고려 밖으로 밀어내야할지 판단할 수 없었다. 세상 밖으로 밀어내도 적에게 내주는 일은 없어야 했다. 이성계의 생에 다시 적들의 무엄을 견디는 일은 일어날 것 같지 않았으나 확신할 수 없었다. 먼 후대에 기름진 불길을 치켜들고 다시 고려 땅을 넘볼 것 같은 예감마저 지울 수 없었다. 볼 수 없는 미래는 헛것과 다르지 않았으나 먼 곳의 예감은 신기루를 바라보듯 눈 끝으로 전해왔다.

배극렴이 데려온 여승은 말이 없었다. 조용한 눈으로 이성계를 뚫어보고는 끓는 속을 헤아리는 것 같았다. 이성계가 물었다.

"세상 모두가 찾고 있는 그 아이가 맞느냐?"

"……."

여승은 대답하지 않았다. 이성계는 거친 숨을 누르며 다시 물었다.

"그 배로 낳은 자식이더냐?"

"중이 되기 전의 일입니다."

여승의 사연이 어떠하든 자식을 남에게 넘기는 일은 모성의 도리가 아니지 싶었다. 고려의 인맥을 적에게 넘겨주는 것은 반역과 다르지 않았다. 잠재된 역량을 적에게 넘겨준 사실 하나로 유죄이며 반역이었다. 반역은 살려둘 수 없으며, 살려둘 수 없는 까닭만으로 대역 죄인이었다.

이성계가 마른 칼 손잡이를 쥐며 여승을 노려봤다. 여승이 침착한 눈으로 말을 이었다. 목에서 생비름 같은 풀냄새가 밀려왔다.

"상장군의 머리는 반역 하나만 생각하고 있습니다. 오직 대역 죄인의 죄상과 단죄만 생각하고 있습니다. 생각을 거두어 주세요. 열 달 동안 뱃속에서 태동을 느끼며 저와 한 몸으로 자란 자식입니다. 반역을 무릅쓰며 적에게 자식을 넘겨주는 까닭은 고려를 생각하는 뜻 이상 없습니다."

이성계가 놀란 눈으로 여승을 바라봤다. 여승은 이성계의 속을 들여다봤다. 무엇을 상상하든 여승의 머릿속에 지도처럼 펼쳐지는 것을 알았다. 이성계가 거친 숨을 뱉으며 말했다.

"내 속을 뚫어보는구나."

여승이 고개를 끄덕였다. 부정할 수 없는 심미안의 골자가 어미의 뱃속에서 태동하여 세상 밖으로 나온 것을 알았다. 이성계는 어미로부터 물려받은 아이의 눈을 생각했고, 끊을 수 없는 유전을 생각했다. 그 너머 원대한 고려 대장경의 이상이 보였다. 감출 길 없는 고려의 생장이 여승의 말 속에 들려왔다. 말 속에 문무의 갈등과 실세의 소멸이 들려왔고, 비선의 수레가 꼬리를 물고 이어졌다.

"스스로 신기를 감추려 중이 되었느냐?"

"세상에 나와서는 안 될 것을 알았습니다."

세상의 적으로 아이를 기를 것 같지는 않아 보였으나, 세상 밖에 내보낼 수 없는 이유는 백 가지는 넘어 보였다. 까닭을 물으면 밝은 눈으로 답해줄지 알 수 없었다. 이성계가 조용히 물었다.

"그 동안 아이는 어디에 있었느냐?"

"저와 함께 해인사에 있었습니다. 세상 밖에 드러나지 않을 작정이었습니다. 적들이 쳐들어와 저를 끌고 가는 통에… 아이가 제 길을 멀리에서 바라보고 찾아왔습니다."

아이는 적국으로 건려가지 않으려 했을 것이다. 검은 천으로 아이의 눈을 감싼 이유를 알 것 같았다. 그런들 아이의 눈이 가려질 것 같지는 않아 보였다. 여승이 대꾸했다.

"천 속에 얇게 두드려 편 납을 넣어 눈을 가렸습니다. 납만큼은 뚫어 볼 수 없습니다."

"그마저 어미를 닮은 것이겠지……."

여승이 고개를 끄덕였다. 비가 그쳤다. 구름 사이로 조각난 햇살이 구릉을 비추었다. 말을 재촉해 아이를 찾아 나선 배극렴의 젖은 길을 생각했다. 배극렴이 적군을 따라 붙을 수 있을지 알 수 없었다. 마음을 읽고 답해주길 바랐으나 여승은 무엇도 말해주지 않았다.

"언제까지 절간 부엌데기로 기를 작정이었느냐?"

"대장경을 지키며 여생을 보내려 했습니다."

"고려의 숨은 인재다. 아이가 지닌 역량이 아깝지 않은가?

고려를 위해 숨은 역량을 펼치는 것도 높고 아름다운 나라에서는 허용되지 않겠느냐?"

"멀리 뚫어보는 그것만으로 명을 재촉할 것입니다. 숨은 붙어 있는 한 탐학한 벼슬아치들에게 금맥과 금강 원석이 묻힌 곳을 강요받을 것입니다. 재물에 노예가 된 자들에게 고문 받으며 쓸쓸히 죽어갈 것입니다. 세상으로부터 환영받지 못한 아이입니다."

"그런 아이를 적국에 보낸다고 될 일이냐?"

"그 아일 내주지 않으면 다시 이 땅을 넘볼 것이기 때문에······."

여승의 말 속에 고려의 운명이 보였다. 백 년 안에 다시 고려를 넘볼 가능성은 여승의 말 속에 잠재되어 있었다. 천년 동안 이 땅에서 치를 전쟁은 얼마가 될지 알 수 없었다. 여승의 생각은 이성계의 생각과 다르지 않았다. 다르지 않은 생각이 오히려 답답했다.

"그 아일 내준다고 적국이 이 땅을 가만 둘 것 같으냐?"

"데려가면 섬나라 스스로 부국하고, 넘치는 부를 나누고 자정하며 살아갈 것입니다. 기회를 기회로 넘겨주는 건 고려와 그 너머 후대를 위한 일이 될 것입니다."

바다 건너 섬나라의 정서를 다독일 수 있다면 그보다 더한 일도 할 수 있을 것 같았다. 어미의 속을 끊고 세상에 나온 순간 아이는 대장경에 새겨진 획을 따라 바람처럼 불어 다닌 것 같았다. 에밀레종에 박힌 아라의 여인들과 세속의 그늘 너머 날마다 아름다운 곳을 바라본 것 같았다.

멀리에서 피리소리가 들려왔다. 아라의 여인이 깎았을 보리수 피리는 비구니의 삭발 머리만큼이나 매끄러운 소리를 실어왔다. 피리소리를 따라 고려의 울분이 들려왔다. 고려의 서정이 소리에 실려 저녁 밀물처럼 밀려갔다. 고려의 정한이 피리소리에 실려 먼 능선까지 밀려갔다 되돌아 왔다.

해의 주름

 완강히 빛나던 것들이 하나둘 소리 없이 색채를 지워갔다. 여승의 눈 속 샛길 따라 나부끼는 보리수 잎사귀가 보였다. 고려의 감성은 보리수 피리로 끝나지 않을 것이다. 사계를 따라 수백수천 갈래의 난세를 지켜낸 근성이 아무리 높고 질겨도 여승의 말은 잊힐 리 없었다.

　… 기회를 기회로 넘겨주는 건 고려와 그 후대를 위한 일이 될 것입니다…….

 여승의 마음을 알 것 같았다. 자식을 적국에 내주는 까닭은 섬나라의 부국이 아닌, 고려의 성세와 번영과 태평에 있지 싶었다. 자식을 버려서라도 큰 뜻을 이루고자하는 마음만큼은 가상했다.

"무슨 말인지 안다. 장군이 무사를 이끌고 그 아일 찾으러 갔으니 곧 데려올 것이다."

여승의 표정이 좋지 않았다.

"아마도 함께 돌아오는 일은 없을 것입니다."

여승은 그곳까지 내다본 것 같았다. 무엇을 예감하든 여승의 머릿속에 그려진 생몰의 연대는 이성계의 마음과 무관한 곳으로 뻗어가 있었다. 이성계가 난감한 표정으로 물었다.

"그럼 적국에게 빼앗긴단 말이냐?"

"제 아이는 적국으로 가지 않습니다. 검은 옷으로 얼굴을 가린 자들이 아이를 데려갈 것입니다."

결국 그것인가? 이성계는 바람의 사제들을 생각했다. 억압과 모순을 으깨며 평등을 찾아간다는 사제들이 허상의 이야기를 떠나 여승의 입을 딛고 밀려왔다. 이야기에서 전설로, 전설에서 신화로 전해온 존재들의 값어치는 얼마가 될지 알 수 없었다.

실존과 허구 사이를 끝없이 왕래하는 자들의 출몰은 들을 때마다 이성계의 머릿속을 휘저었다. 천지간 버려진 자들을 모아 대동 세상을 열어간다는 바람의 사제들은 언제쯤 세상 위에 집을 짓고 아늑한 생을 열어갈지 알 수 없었다. 은밀한 자들의 이야기가 언젠가는 세상의 전설이 되고 높은 곳에 이르는 신화가 될지 몰랐다.

여승은 처음부터 모두를 내다본 것 같았다. 황산벌 전투의 처음부터 마지막까지, 어쩌면 그 나중까지도 내다보고 있는지도…….

"나와 만날 것도 알고 있었느냐?"

"꿈속을 걷는 아이가 황산에서 대장군을 만날 것이라고 하였습니다."

꿈속을 걷는 아이.

이성계는 견훤을 생각했고, 금척을 생각했다. 호랑이와 함께 견훤은 들판을 가로질러 환각으로 걸어왔다. 운봉고원 너머에서 한순간 견훤의 목소리가 달려왔다.

> … 자[尺]를 바닥에 대고 줄을 그으면 일자의 선이 나타나지. 그 선은 백성을 바른 방향으로 이끄는 통치를 의미하네. 이 금척은 하늘의 뜻을 담고 있네.

이성계가 눈을 들어 환각을 좇아갔다. 세상 위에 평등한 선을 긋고, 저마다 인정과 인심과 인품을 동등하게 나눌 금척을 떠올렸다. 자연과 만물의 통치를 하늘로부터 물려받아 땅 위에 베풀 때 금척이 지닌 권능은 모두에게 유효하지 싶었다.

"뭐라고 하든가?"

"병든 고려를 허물고 새로운 나라를 세울 것이라고 하였습니다."

이성계가 숨을 멈추고 여승을 바라봤다. 두렵고 두려운 생각이 머리에 떠올랐다. 당장 베어야 할 듯이 위태로운 기분이 들었다. 견훤왕이 한 말과 다르지 않은 여승의 말은 위험하고 불온하게만 들렸다.

"위험한 말이다. 어디에 가더라도 그 말만큼 삼켜야 한다."

"……."

여승이 말없이 합장하고 돌아섰다. 고개 숙일 때 고깔을 벗은 삭발 머리에서 푸르스름한 빛이 돌았다. 해의 주름이 완고했고, 바람이 느슨히 불어갔다. 비 그친 뒤 소리 없이 날아든 나비 떼가 여승을 쫓아갔.

어디로 가든 그 아이의 존재가 고려에 위협이 되는 일은 일어나지 않길 바랐다. 바다 건너 섬나라가 아니면 다행이지 싶었다. 그 아일 데려가면 부국의 섬나라가 부를 나누며 저들 스스로 자정하고 살아갈 것이라는 말은, 쉬이 머릿속을 떠나지 않았다. 바람의 사제들이 아이들 데려갈 거라는 말도 머릿속에 돌았다. 말에 오를 때까지 생각은 생각을 딛고 오래 이어졌다.

*

 저녁 무렵 사선대四仙臺 강변에 도착했다. 막사를 세운 뒤 무사들을 쉬게 했다. 무사들은 소리 없이 먹었다. 먹은 뒤 막사 앞에 주저앉거나 들어가 쉬었다. 무사들이 먹고 쉬는 동안 능선에서 늑대 울음이 들렸다. 어지러운 동선을 그리며 새들이 날아다녔다.
 물가에 탁자를 놓고 사선대 물줄기를 바라봤다. 오원강烏院江 기슭에 자리 잡은 사선대는 구김이 없었다. 숨을 몰아쉬면 물아래 비쳐든 반영反影이 뚜렷이 보였다. 거꾸로 물속에 박혀든 산과 나무와 바람의 세상은 신선들의 도원桃園과 닮아 있었다. 네 명의 신선들이 네 명의 선녀를 거느리고 하늘에서 내려와 놀았다고 했다. 해마다 선남선녀의 놀이터로는 제격으로 보였다. 물길이 맑고 투명했다. 찰랑거리는 수면을 따라 별이 쏟아지면, 물속 너머 푸른 은하가 신선의 세상을 이끌고 광활한 우주로 흘러들 것 같았다. 바람이 순한 저녁에 주둔지는 대치할 적군 없이 고요하고 아늑했다.
 밤이 이슥해서야 배극렴은 돌아왔다. 배극렴은 은밀하게 전했다. 목에서 사각거리며 갈잎이 떠가는 소리가 들렸다.
"적군과 심미안의 아이를 따라붙었으나 데려올 수 없었나이다."
그 말의 진위를 따지는 건 의미가 없지 싶었다. 배극렴의 눈을 바라보며 이성계가 물었다.
"검은 옷으로 얼굴을 가린 자들이 데려갔느냐?"
배극렴의 눈빛이 흔들렸다. 이성계가 바라보자 배극렴의 눈은 다시 떨렸다. 배극렴은 겨우 대답했다.
"알 수 없는 자들의 서슬을 감당할 수 없었습니다."
"스스로 일으킨 언약을 믿고 따르는 자들이다. 몇 명이더냐?"
"모두 열둘이었고, 검은 갑옷을 입고 있습니다. 열두 필의 검은 말을 이끌고 앞을 가로막아 어찌할 수 없었나이다."
고요한 무리들의 기습이 눈에 보였다. 어디에서 출발해 어디로 가는지 알 수 없는 존재들은 두렵고 무겁게 왔다.
사백년 저편 견훤을 추종하던 무사들은 검은 갑옷으로 무장하고 그림자 같은 결사대를 조직해 천지를 돌았다. 아들 신검의 반목은 견훤을 금산사로 내몰았고, 견훤은 세상이 무너지는 고통을 겪어야 했다. 견훤 앞에 백제의 향수를 입은 무사들이 모여들었다. 짝이 있거나 없는 짐승들도 모여들었다.

짐승들의 긴 울음을 흘릴 때 산과 물과 바람이 따라 울었다.
 이성계의 목에서 끓는 소리가 들렸다.
 "백제의 꿈을 골수에 새긴 자들이다. 벼락이 스며든 오동 아래 저항을 언약한 자들이다."
 "대적할 수 없었습니다."
 두 명의 무사와 배극렴이 감당하기엔 무리였을 것이다. 격정의 칼과 궁극의 활과 세 자루 짧은 칼을 허리춤에 차고 살아가는 자들이었다. 열두 마리 검은 말들이 질주하면 산천이 흔들린다고 했다. 칼을 쥐면 파란 달빛이 맺혀든다고 했다. 시위를 당기면 바람과 시간이 멎는다고 했다.
 배극렴이 조용히 덧붙였다.
 "아이가 검은 갑옷의 무리가 올 것을 알고 순순히 따라 나섰습니다."
 이성계가 고개를 끄덕였다. 그러고도 남을 것 같았다. 그 아이 눈에 예정된 것이라면 순서가 뒤바뀌거나 뒤틀리는 일은 일어나지 않을 것 같았다. 여승의 말만 믿고 그 아이를 보내는 것은 있을 수 없는 일이었으나, 후대를 생각하면 못할 것도 없을 것 같았다. 그럼에도 그 아이 스스로 제 살 길을 찾아가도록 베풀어 주는 건 합당한 일이지 싶었다. 아이의 삶까지 관여해서 희생을 강요하는 건 더 큰 불미와 과오를 저지르는 결과로 올 것도 알았다. 그 아이 스스로 선택한 삶은 어떨지 알 수 없으나 검은 무리와 소리 없이 살아주는 것도 의미가 있지 싶었다. 드러나면 물의를 일으킬 것이고, 집중된 물의는 모두로부터 추격당할 것이다. 그 다음은 생각만으로 당도할 수 없는 먼 곳에 밀려나가 있었다.

"적군은?"

"아이를 체념하고 상주 쪽으로 말머리를 향했습니다."

그 아이를 바다 건너 섬나라로 보내면 어떻게 될지 알 수 없었다. 그 아이 하나로 섬나라 사람들 스스로 부를 나누며 적을 만들지 않고 살아갈지 알 수 없었다.

"복수를 다짐하고 떠났느냐?"

"살려주어 고맙다고 말했는데, 마음은 복수를 생각했을 것입니다."

"적개심은 물 같고 바람 같은 것이다. 흐르는 대로 흘러가는 것이 감정이다. 사적 감정이든 공적 의분이든 적의 감정까지 관여할 수는 없지 않느냐?"

적장의 수급을 소금에 절여간 적군의 행로는 울분으로 이어질 것이다. 넘볼 수 없는 고려 땅에서 패한 대가를 혹독히 치르고 홀로 바다를 건너갈지 알 수 없으나 살려 보내준 것만으로 많은 까닭을 실어준 것 같았다. 홀로 남은 적군이 높고 아름다운 고려의 감성을 칼과 활과 창이 아닌 때 묻지 않은 결정으로 알아 가면 다행이었다.
 적군을 살려 보낸 배극렴의 소임은 용기로 이해해야할 것 같았다. 그 이상 묻지 않고 다독여주면 앞날에 기회를 얻지 싶었다. 배극렴이 사지를 조아리며 말했다. 목에서 충의 무게가 하루치의 질량으로 밀려 왔다.
"임무를 다하지 못했나이다. 날이 밝는 대로 소장의 죄를 물으소서."
 이성계가 고개를 가로저었다. 부정할 수 없는 골자는 긍정할 수도 없었다. 이성계가 대답했다.
"그만하면 최선을 다했다. 막사로 돌아가 요기부터 하고, 편히 쉬도록 하라. 데려간 무사들도 먹이고 쉬게 하라."
"……."
 배극렴은 한참이나 한쪽 무릎을 꿇고 말이 없었다. 이성계가 다가가 어깨를 짚고 일으켰다. 배극렴의 눈 안쪽에 붉은 나뭇결이 엉켜 있었다. 나뭇결마다 무신의 마음이 보였다. 붉게 충혈된 눈을 바라보며 이성계는 안도했다. 오래도록 함께 갈 조건이 배극렴의 눈 속에 보였다.
 어깨를 다독이자 배극렴은 무사와 함께 허리를 숙이고 막사로 향했다. 돌아서는 배극렴의 걸음은 무겁고 지쳐 보였다.

젖은 눈으로 바라볼 때, 무신의 어깨 위로 끝이 조용한 바람이 불어갔다.

　중천에 오른 달빛이 물 위에 내려와 흔들렸다. 달빛 내린 수면 위로 물고기가 뛰어올랐다. 물고기마다 은빛 비늘이 빛났다. 빛이 곱고 영롱했다.

오목대梧木臺

 바람의 사제들은 견훤을 위해 조직되었다. 견훤이 죽은 뒤 자취를 숨기곤 위중한 때에 모습을 드러냈다. 초월의 아이들을 하나둘 불러 모았고, 때가 되면 견훤이 못다 이룬 백제의 꿈을 돌이키길 원했다.
 사제들은 백제의 꿈을 골수에 새기며 산천에 버려지거나 땅에 묻히길 원했다. 견훤이 죽던 날 풍등을 띄워 천년을 이어갈 혈맹을 맺었다. 저마다 손바닥을 그어 핏방울로 샛강을 낼 때, 하늘은 천둥과 번개를 내려 대답했다. 오동 깊숙이 벼락이 스미면 거친 눈보라를 내려 사제들의 희구에 하늘은 화답했다. 사백년이 지난 전설은 꿈과 생시와 신화를 오가며 사람들 가까이 떠돌았다.
 전주에 당도해서야 여름이 시작되는 것을 알았다. 이번 여름은 얼마나 질기게 물고 늘어질지 알 수 없었다. 물 없이 말라죽는 일은 없어야 할 것인데, 붉은 노을이 가뭄과 기근을 예고했다.

오목대 아래 전주천 물길은 금빛으로 출렁거렸다. 물길 위로 톱날 같은 물칼이 떠갔다. 종일 칼을 갈아치우며 물길은 흘렀다. 수면을 박차고 새들이 물고기를 물어 나를 때 이성계와 배극렴과 군사들은 승암산 아래 도착했다.

전주성에서 소식을 들었는지 관원이 나와 기다렸다. 관원들이 이성계를 보자 깊이 수그렸다.

"황산에서 거둔 승전이 크고 우람한 소리로 전주성에 울려 퍼졌습니다. 감축 드립니다."

관원의 인사는 짧고 간결했다. 전라안찰사는 나오지 않았다. 떠들썩한 환대를 바라지 않았으므로 안찰사를 대신한 인사만으로 진정이 느껴졌다. 안찰사의 부재가 전주의 시국과 관제를 말하지 않을 것이므로, 관원과 두 명의 하급 관리만으로 족했다.

때마침 전주에서 승전 소식을 기다리던 정몽주가 웃는 얼굴로 이성계를 맞았다. 정몽주는 황산전투에 참전하고자 했으나 배극렴의 건의로 전주에 떨어뜨려놓았다. 배극렴은 난적亂賊의 해악을 염려했다. 만에 하나 있을 정몽주의 부상과 목숨을 근심했다. 적들의 난입은 황산에 닿기도 전에 이미 이성계의 머릿속에 그려졌다. 정몽주를 전주에 내리게 한 것은 잘한 일이지 싶었다.

 젊고 조용한 기품으로 정몽주가 말했다.

 "엊그제 승전 소식을 듣고 모두 기뻐하였습니다. 전주에 오신다는 소식에 마음이 놓였습니다."

 이성계가 정몽주의 어깨를 두드리며 대답했다.

 "천하에 정몽주를 떼어 놓고 개경으로 갈까 근심했는가?"

 정몽주는 대답하지 않고 웃기만 했다. 정몽주가 웃으면 세상이 조금은 편안해지는 것 같았다. 조전원수助戰元帥 정몽주는 입이 무겁고 글이 곧은 문신이었다. 문신에게 무신의 갑옷을 입혀 황산전투에 편입시킨들 얼마나 큰 득이 될지 알 수 없었다. 임금의 밀사가 아닌 동지의 자격으로 정몽주는 함께 내려왔다. 함께 돌아갈 일만 남았다.

 할아비의 그 할아비, 이한이 퍼뜨린 일가친척들은 정몽주 뒤로 물러나 이성계를 맞았다. 본 적 없는 핏줄의 환대는 분에 넘쳤다. 피붙이의 환대는 발길을 붙들기에 충분했다. 오목대 한곳에 차려놓은 탑상은 구미가 당길 만큼 풍성했다. 전주의 지리와 토속과 풍수에 어울리는 음식은 소박하면서도 저마다 기름기가 빠져 풍미를 더했다.

제철에 수확한 나물과 채소와 과일이 상에 올라 더할 나위 없었다. 담백한 육전과 알싸한 산적은 제격이었다. 익은 땡초를 넣은 콩나물국밥은 그 하나만으로 시장기를 달래고 남았다. 숯불에 익힌 편육과 날것의 우둔살이 들어간 비빔밥은 일품이었다.

오목대 아래 향교와 민가에서 담아 올린 가양주를 곁들인 밥상은 지친 무사들의 뱃속을 늘이기에 충분했다. 심심한 저녁을 밀어내고 승전의 마음을 나누기엔 안성맞춤이었다.

이성계가 정몽주를 바라보며 넌지시 말했다.

"이쯤에서 관원들을 보낼까 하네. 자네와 배극렴과 무사들만 해도 넘치는 자리일세. 조용히 승전을 돌이키고자 하네."

하루 저녁 묵으면서 무사들을 쉬게 하고픈 마음뿐이었다. 정몽주가 자리에서 일어나 전주성에서 나온 관원들을 돌려보냈다. 배극렴이 무사들을 자리에 앉히고 차린 음식을 나누었다. 무사들은 조용히 먹었다. 술은 입에 대지 않고 음식만으로 배를 채우는 것을 보자 이성계는 마음이 놓였다. 전주의 인심을 품은 음식이 무사들의 입에 맞는 것 같았다. 그마저 흡족했다.

이성계가 말없이 자리에서 일어섰다. 오목대 숲길로 걸어갈 때, 배극렴과 정몽주가 따라 붙었다. 이성계가 돌아보며 말했다.

"혼자 둘러 볼 것이네. 돌아가 무사들과 어울리게."

배극렴이 짧게 대꾸하고 먼저 돌아섰다. 정몽주가 물끄러미 이성계를 바라본 후 자리로 돌아갔다. 돌아서는 배극렴과 정몽주의 자리가 무겁게 왔으나 무사들만 떼어놓고 따로 움직이는 것보다 낫지 싶었다.

*

오목대 위로 달이 지나갔다. 기린봉麒麟峰이 토한 달을 승암산이 높은 이마로 받아 하늘 가운데로 몰아갔다. 전주의 달은 정월이 아니어도 크고 높았다. 달 속에 두 마리 토끼가 방아를 찧든 말든 흰 빛을 품고는 느릿느릿 중천을 향해 떠올랐다.

토끼 녀석들이 계수나무 아래서 방아를 찧는다는 이야기는 전주에도 개경에도 돌았다. 이야기에 이야기를 덧칠한 토끼들은 늘 사람들 가까이 살을 부비며 달 속에 살았다. 토끼 전설은 이야기에 지나지 않았으나 흑석골 질긴 종이로 옷을 지어 입고 거닐고 싶은 마음은 달빛이 지날 때 더 간절했다.

달빛 내린 오목대는 오래전 전주를 스쳐간 백제의 유령들이 고깔을 쓰고 승무를 추듯이 아름다웠다. 오목대의 정결은 낮보다 밤이 이슥하면서 더 풍요로워지고 더 맑아지는 것 같았다. 푸른 은하가 머리에 쏟아져 내릴 때, 이성계는 숨을 멈추고 별을 바라봤다. 이한의 태생이 시작된 전주의 하늘은 핏줄이 그리운 정감으로 맺혀들기 좋았다.

이목대梨木臺 능선에서 피어오른 안개가 오목대 기슭으로 번져왔다. 저녁안개가 무사들의 자리를 돌아 이성계의 발아래까지 밀려왔다. 별이 동에서 서로 불어갈 때, 어두운 숲에서 목소리가 들렸다.

장군님.

소리는 세상 너머에서 들려오는 것 같았다. 주위를 두리번거렸다. 안개를 뚫고 걸어오는 아이가 보였다. 열대여섯은 되었을까, 계집아이는 손에 붓을 쥐고 있었다.

이성계가 아이를 바라봤다. 아이는 총총히 걸어와 이성계 앞에 섰다. 이성계가 오목대에 오르기를 기다려온 것 같았다. 아이의 눈은 초롱하고 얼굴 윤곽이 뚜렷했다. 목소리는 생기가 넘쳤다.

"누오纓晤라고 합니다."

누오?

소박하게 들렸으나 흔한 이름은 아니지 싶었다. 이성계는 묻지 않았다. 소박한 이름은 부르지 않아도 마음을 쓸고 지나갔다. 갑작스레 나타나 불쑥 말을 걸어오면 어떻게 해야 할지 배운 적이 없으므로, 이성계는 당황했다.

한줌 바람 같은 표정으로 이성계가 물었다.

"누구냐? 캄캄한 산길에 갑자기 모습을 드러내면 누군들 놀라지 않겠느냐?"

"놀라게 했다면 죄송합니다. 귀신은 아니니 마음 놓으세요."

놀람은 잠시였으나 무슨 까닭에서인지 아이의 출현은 예고된 듯 보였다. 어디선가 한 번은 스쳤거나 스칠 운명의 아이 같았다. 맑은 눈매와 매끄러운 콧날이 보였다. 시위를 당긴 화피단장이 입술에 그려졌고, 그 위로 뚜렷한 인중이 드러났다. 윤곽이 부드러운 아이의 얼굴이 마음 쓰였다. 이성계가 한숨을 내쉬었다.

"귀신이 나를 볼 일은 없겠지. 허면 내게 볼 일이라도 있는 것이냐?"

"이성계 장군께서 황산벌에서 승전하여 이곳을 지나간다는 소식은 젖을 문 아이조차 알고 있습니다."

맹랑하게 들렸으나 성낼 일은 아닌 것 같았다. 이성계가 조용히 타일렀다.

"그걸 아는 아이가 예고 없이 모습을 드러냈느냐? 철딱서니 없이……."

 철없이 보이지는 않았으나 딱히 머리에 떠오르는 말이 없었다. 철이 들든 말든 이성계가 관여할 일이 아니므로, 아이를 가르칠 일도 혼낼 이유도 없어 보였다. 적당히 알아들으면 다행이지 싶었다. 아이가 침착한 얼굴로 덧붙였다.

"미리 뵙자고 청했으면 들어주지 않았을 것입니다."

 아이의 말이 옳았다. 이성계는 누구도 함부로 만나주는 성격이 아니었다. 특히 저녁나절 순한 얼굴의 계집아이라면 덮어놓고 역정을 내거나 다음으로 미룰 게 분명했다. 사철 들끓는 암투와 시기와 음모 가운데 서 있으면 한없이 커지는 위태와 암살과 독기를 허술하게 지나치거나 잊어먹는 경우가 많았다. 직면한 위험은 더 보이지 않으므로, 사람에 대한 경계가 첫째였다. 그마저 망각하는 때가 많았다.

 대범한 건지, 무모한 건지, 가상한 건지, 알 수 없는 아이의 말에 자꾸만 끌려가는 기분만은 어찌할 수 없었다.

"필히 나를 만나야 할 일이 있다는 듯이 들린다. 내 말이 맞느냐?"

 아이가 고개를 끄덕였다. 이성계를 찬찬히 바라본 뒤 아이는 허리춤에 찬 표주박을 떼어내 내밀었다. 이성계가 표주박을 받아들고 아이를 바라봤다. 아이의 눈에 맺힌 물방울이 그제야 보였다. 아이가 조용히 대꾸했다.
"먼 시간을 거슬러 장군님을 뵙고자 왔습니다."
 아이가 대꾸할 때 승암산 위로 새들이 날아갔다. 막막한 얼굴 앞에 이성계는 꿈속을 걷는 아이를 생각했다. 금척을 내린 견훤을 생각했다. 이쪽 세상을 건너 저쪽 세상을 뚫어보는 심미안의 아이를 생각했다.

　… 좋은 날 시간을 거슬러 한 아이가 찾아갈 것입니다.

아.
입에서 탁한 신음이 나왔다. 그제야 아이의 말을 알아들을 수 있었다. 오래전 꿈속을 걸어온 아이가 던진 한마디는 무심을 견디며 시간을 거슬러 오기만을 기다린 것 같았다. 숨이 차올랐고, 손끝이 떨려왔다.
 대답 대신 이성계는 아이가 건네준 표주박을 바라보며 손에 힘을 주었다. 표주박 안에 물인지 술인지 알 수 없는 것이 출렁거렸다. 뚜껑을 열고 냄새를 맡았다. 복숭아 향 같기도 하고, 석류 향 같기도 했다. 표주박을 기울어 입에 머금었다. 달콤한 과일향이 혀끝에서 목안으로 넘어갔다. 향기가 입 안에 오래 돌았다. 목이 마른 것은 어떻게 알았는지…….

오목대

이성계가 떨리는 손끝을 감추며 나직이 물었다.

"시간, 시간을 거슬러 왔다고 했느냐?"

아이가 조용한 눈으로 고개를 끄덕이며 말했다.

"미래 시간에서 건너 왔습니다."

아이의 눈에 고여 있는 물방울이 떨어져 내렸다. 눈물은 떨어질 때 소리가 없었다. 눈물은 느리고 긴장된 공간으로 떨어져나가는 듯했다. 아이의 눈물은 볼 수 없는 시간을 이끌고 와서 이성계의 시간을 헝클어놓는 것 같았다. 지나온 날과 앞날을 섞어놓는 아이의 말을 긍정하기엔 이성계는 아직 젊었고, 부정하기엔 아이보다 나이가 많은 것을 알았다.

이성계는 나직이 물었다.

"누오라고 했느냐? 이름에 뜻이 있느냐?"

알아야 할 것 같았다. 이름 너머에 담긴 무궁한 의미를. 묻지 않으면 평생을 두고 후회가 될 듯했다. 아이가 생각에 잠겼다가 입을 열었다.

"아비는, 아비는 죽기 전 밝은 실을 뜻한다고 했습니다."

"밝은 실?"

아이는 머뭇거림 없이 말을 이어갔다.

"아비는 가야의 선율을 지탱하는 줄을 말한다고, 세상을 이어가는 작은 인연들이 거기에 있고, 세상 밖에 숨은 소리를 가져온다고 했습니다."
"밝은 실, 밝은 실의 누오······. 어여쁘구나."
 바람이 부는지 어깨가 서늘했다. 알 수 없는 시간의 자국들이 아이의 입에서 무뚝뚝하게 번져왔다. 과거를 거슬러 미래로 뻗어가는 시간을 놓고 무엇을 떠올려야 할지 막막했다. 멀리에서 부엉이가 울었다.

시간의 자국

 과거는 한줌 풀잎이 될지 몰랐다. 보이지 않는 미래 시간은 바람 같거나 물처럼 투명해 보였다. 가물거릴 뿐 과거든 미래든 시간을 부여잡고 할 수 있는 일은 아무것도 없다는 것을 알았다.
 미래 시간.
 그곳은 이성계의 눈으로 볼 수 없는 막막한 곳에 있었다. 미래 시간 속에 펼쳐진 광활한 공간은 오감을 죄며 밀려왔다. 대체 불가능한 아이의 말을 믿어야할지 버려야할지 알 수 없었다.
 시작을 알 수 없는 막막한 시간의 연대가 눈앞에 밀려왔다. 끝없이 연속되는 시간의 흐름이 아이의 말 속에 들려왔다. 정처 없는 시간이 귀를 스쳐갈 때, 이성계는 가본 적 없는 시간과 공간의 영토에 홀로 서 있는 기분이 들었다.

이성계가 은근히 물었다.

"미래 시간, 그곳은 살만하더냐?"

"미래도 이곳과 다르지 않습니다. 다만 여기에 있는 모든 것이 변하거나 사라지는 것일 뿐입니다."

모두는 시간을 딛고 나고 자라며 죽어가는 것이며, 시간에 따라 모두는 변하고 소멸되었다가 새로 생겨나는 것이라고, 아이는 말하고 있었다. 이성계는 시간의 거대함과 거대한 시간 속에 박힌 미세한 박동을 생각했다. 시간을 뚫고 미래에서 과거로의 시간여행은 어떤 원리와 방법으로 이행되는지 알 수 없었다. 시간은 연속되는 것인데, 이것을 거슬러 과거로 돌아갈 수 있는 조건은 이 아이만의 특별한 능력이지 싶었다.

"어렵다. 너에게 시간이란 무엇이냐?"

"제게 시간은 서재에 꽂힌 책과 같사옵니다. 원하는 시간대를 정직하게 불러오면 됩니다."

막막한 시간의 연대가 아이의 말 속에 들렸다. 말 속에 생의 마찰과 연속이 보였다. 죽음의 단절과 끊김이 그 속에 보였다.

아이는 시간의 단위를 해와 달과 별과 바람의 기울기에 따라 나누는 것 같았다. 공간과 장소를 딛고 매시간 개별의 시공을 분할하는 것 같았다. 시간은 서재에 나열된 수천수만 권의 서책과 같으므로, 원하는 시간대를 불러온다는 아이의 말은 캄캄하게 들렸다.

시간의 축은 어디에서 시작되어 어디로 흘러가는지 알 수 없었다. 시간의 개념은 끊을 수 없는 흐름에 있고, 쪼갤 수 없는 생물로 이어져 있지 싶었다. 생각만으로 아이의 시간 개념을 이해할 수 없었다.

이성계가 물었다. 목에서 가느다란 퉁소소리가 들렸다.

"시간은 나눌 수 없고 한번 지나간 시간을 불러올 수 없는 것이지 않느냐?"

"절대의 영역 안에 버려진 상대의 시간대를 찾아내는 것이 제가 할 수 있는 일입니다."

"너는 시간과 시간 사이를 여행하느냐?"

"……."

아이는 대답하지 않았다. 말하지 않아도 어떤 의미가 될지 아이는 아는 것 같았다. 무응답이 이성계의 물음을 덮지는 못했으나 대답할 수 없는 이유는 수천수만 개의 시간에 있을지 몰랐다. 알 수 없는 아이의 말을 붙들고 있기에는 시간은 급박하게 흘렀다. 볼 수 없는 미래 영토에서 시간을 거슬러 온 까닭이 누구에게 있는지 알 수 없었다.

*

 황산에서 수많은 적들이 죽어가는 동안에도 시간은 어렵지는 않았다. 적과 함께 죽어간 아군들의 잘린 몸뚱이 앞에서도 과거와 미래를 놓고 생각에 잠긴 적이 없었다.

 오목대에서, 이성계는 각자의 자리에서 끝낸 죽음의 위치를 생각했다. 저마다 죽음의 자리는 아득한 과거이거나 볼 수 없는 미래로 밀려나가 있었다. 먼저 죽은 자들의 죽음이 과거에 보였다. 죽지 않은 자들의 미래는 시간의 빗장에 잠겨 있었다. 막막하고 어려운 저녁이었다.

 하늘 모서리로 불어가는 빙천氷天이 보였다. 얼어붙은 하늘 아래 아이는 알 수 없는 표정으로 이성계를 바라봤다. 아이의 눈빛을 맞으며 이성계가 물었다.

 "내게 온 이유가 단지 시간을 일깨우기 위해서만은 아닐 것이다. 말해 줄 것이 있느냐?"

 "많은 시간이 장군을 기다리고 있습니다. 머지않아 이곳 전주뿐 아니라 고려의 강토가 장군님의 나라가 될 것입니다."

 금척을 내린 견훤도 같은 말을 했다. 꿈속을 걷는 아이와 함께 오래 걸어 당도한 곳에서 견훤은 나라의 뿌리를 근심했다.

… 병든 고려를 허물고 나라를 세울 것이라고…….

　황산에 나타난 심미안의 아이도 견훤의 말과 다르지 않았다. 파란 삭발 머리의 비구니가 전한 아이의 말은 고려의 맥을 이어갈 구국이 될지, 고려의 숨통을 건 혁명이 될지 알 수 없었다. 저마다 말 속에 든 사연은 고려를 허물고 새 나라를 개창하는 것으로 끝을 맺었다. 알 수 없는 조급증이 치밀어 올랐다. 답답한 예감들이 등골을 후벼 파는 기분이 들었다.
　이성계가 숨을 고른 뒤 조용히 물었다.
　"미래에서 누가 보냈느냐?"
　"훗날 장군의 다섯 번째 아들이 임금의 자리에 오른 뒤 상왕의 자리에서 저를 보낼 것입니다."
　태어나지 않은 혈육의 성세는 달빛 같고 바람 같았다. 정처 없는 은하의 별무리 가운데 점지되지 않은 예지만으로 다섯 번째 아이를 가족이라 말할 수 있을지 의문이 들었다. 가족은 운명 같으며, 피를 나누는 조건아래 공동의 운명을 짊어지는 것이므로, 볼 수 없는 다섯 번째 아들을 아들이라 말해도 좋을지 그마저 의문이 들었다.
　이성계의 머릿속에 아직 태어나지도 않은 다섯 번째 아이의 옹알이와 비틀거리는 걸음마가 보였다.

"상왕이면……."
"장군님을 말합니다."
이마가 얼얼해지는 기분이 들었다. 세상 밖으로 밀려나가는 기분마저 들었다. 아이의 눈속에 기린봉을 지나는 달이 보였다. 차분한 달 속에 두 마리 토끼는 잠들었는지 보이지 않았다.
기린토월의 명성은 오래전부터 알았다. 숨 막히는 적막과 눈을 멀게 하는 아름다움이 고려 최고의 야경을 터준다고 했다.
나직이 물을 때 아이의 눈속에 다시 달이 비쳐들었다.
"미래에 너와 나는 인연이 있느냐?"
"훗날 스승 안견安堅과 함께 어진화사로 선발되어 임금의 자리에 오른 뒤 장군의 초상을 그리게 됩니다."
임금의 영정을 화사들로 하여 화폭에 담은 어진御眞을 말하는 것 같았다. 그제야 아이의 손에 든 붓이 보였다. 곧고 강직한 붓이 무엇에 쓰일지 감이 왔다.
"그 초상은 네가 그린 것이겠지?"
아이가 고개를 끄덕이며 붓을 들어 보였다. 아이가 덧붙였다.
"스승님에게 전수받을 붓입니다. 스승은 훗날 이 붓으로 국경 너머 김식金湜과 대나무 그림을 겨루어 진죽眞竹을 가려낼 화가입니다."

"그마저 볼 수 없는 미래의 일이지 않느냐? 그때 무슨 일이 있기라도 한 것이냐?"

아이의 표정이 밝아지는 것 같았다. 엊그제 겪은 듯이 아이는 격한 표정으로 말했다.

"먼 훗날 임금이 스승에게 분죽盆竹을 그리라고 합니다. 스승의 분재 대나무는 김식보다 탁월한 솜씨를 보입니다. 스승의 진죽은 오래 전 강감찬 장군이 남긴 청룡 비늘과 함께 궁 높은 자리에 보관될 것입니다."

미래의 궁은 어떨지 알 수 없었다. 짐작할 수 없는 아이의 말을 따라 가다보면 듣도 보도 못한 세상으로 밀려가는 기분이 들었다. 어지럽고 속이 울렁거렸다. 배 멀미를 하듯 흔들리는 풍경들이 미래의 얼굴을 품고 떠밀려 왔다.

권좌에서 물러난 상왕의 모습이 보였다. 그 모습이 자신이라는 것에 놀라울 뿐이었다. 순수의 시대를 누르고 임금의 자리에 오른 다섯 번째 아들은 가물거리며 헛것처럼 떠다녔다. 안견의 모습이 떠올랐다. 강감찬의 모습도 떠올랐다. 안견이 그린 진죽은 예사 대나무로 보이지 않았다. 현종 임금 때 강감찬이 연못에서 건진 청룡 비늘은 크기를 짐작할 수 없었다.

바람이 불어 귀밑이 서늘했다. 하루가 허물어지는지 나뭇가지 부러지는 소리가 멀리에서 들려왔다.

대풍가 大風歌

 이성계는 시간을 여행하는 아이의 눈을 바라보며 강감찬을 생각했다. 강감찬은 생각보다 가까운 곳에 있는 듯했다.
 강감찬은 귀주전투 때 소가죽을 꿰어 물길을 막았다. 아무리 튼튼한 소가죽이더라도 거친 흥화진 물길을 막기에는 어려움이 많았다. 물의 힘을 견딜 소가죽이 얼마나 될지 알 수 없으나 강감찬의 비밀한 계보는 물을 다스리는 아이로 전했다.
 강감찬은 물로 탑과 기둥을 쌓고, 물길을 주물러 집을 짓거나 성을 쌓았다. 잔잔한 물길에 돌을 던져 순간의 파문으로 일만의 군마를 일으키면 어떤 적도 대적할 수 없었다. 일시에 물길을 멈추게 했다가 한 번에 태산으로 몰아가는 건 강감찬에게 장수하늘소를 잡아 배를 뒤집는 일만큼 쉬웠다.

물을 다스리는 아이.

그 하나만으로 강감찬은 아까운 인재였다. 고려 현종 9년 (1018) 소배압이 이끄는 20만 거란에 맞서 평장사 강감찬의 활약은 두고두고 회자되었다. 물을 가까이 한 강감찬의 판단은 옳았다. 옳았으나 나라의 치수는 일개 상장군의 위엄보다 임금의 권위에 제격이었으므로 밖으로 내보일 수 없었다. 하나의 하늘에 두 개의 해가 떠오르기를 소망한 임금은 어디에도 없었다. 강감찬은 스스로 치수의 능력을 버리고 평범한 무신의 삶을 살다 초야에 묻히길 원했다.

물에 관한 강감찬의 비밀은 언제 사그라들지 알 수 없으나 과거 강감찬이 아니었다면 고려의 운명은 거란에 묻혀 저물었을지 몰랐다. 그의 능력은 저편에도 유효했고, 지금도 유효하지 싶었다. 이성계는 감정을 뚫고 밀려오는 물의 원천을 생각했다. 초월의 감응을 지닌 강감찬을 생각했다. 볼 수 없는 먼 곳에 강감찬은 여전히 물을 다스리는 아이로 남아 있었다.

저마다 삶과 죽음에는 까닭과 사연과 감성을 싣고 왔으나 다섯 번째 아들은 언제 태어나고 어느 날에 죽을지 의문과 기대와 불안과 걱정이 한 번에 밀려왔다. 이성계가 천천히 숨을 뱉었다.

"늙고 병들면 누구나 젊은 날을 그리워하지. 이 몸이라고 별

수 없을 것이야. 내 마음은 싸우다 죽더라도 이곳 오목대를 생각할 것이다. 죽은 뒤에라도 다시 돌아올 것이라고……."

말끝을 흐릴 때, 누오가 말을 받았다.

"그 마음이 땅에 있으니 하늘이 돕는 이치입니다."

이성계는 대답대신 향과 소리를 머금고 스스로 우는 오동을 생각했다. 오목대의 순수는 오동에 박혀든 소리의 고결과 향기의 절정이 저절로 선율을 일으킬 때 왔다. 세상 위에 번져가는 선율 앞에 이성계는 말을 끊고 하늘을 바라봤다. 부끄러울 수밖에 없는 저마다 생애를 떠올리며 모두의 마음은 하늘과 닮은 것을 알았다.

이성계는 모두의 삶에 박혀든 우월한 유전과 순수를 깔고 밀려오는 죽음을 생각했다. 두 가지 생각은 하나로 합쳐지지 않았으나 삶과 죽음을 통찰하는 오동의 선율은 깨끗하게 들렸다. 대꾸할 수 없는 아이의 말을 더듬어갈 때 한 소절 노래가 떠올랐다.

"아까부터 오동소리가 들렸다. 소리가 청아하니 오동이 품은 가락이 내게 노래를 청한다. 여기 전주의 산과 들과 달과 구름과 바람과 물을 위해 노래 하나 하고 싶다만……."

아이는 흔들리는 마음을 움켜쥐고 겨우 대답했다.

"노래 속에 저 누오를 위한 마음은 없는지요?"

아이가 조용히 올려봤다. 머릿속 잡념이 한순간 허물어지는 것 같았다. 생면부지의 아이가 우울한 시골무사의 생을 높은 자리로 이끌어가는 것 같았다. 아이가 풀숲에 누인 가야금을 가져와 무릎 위에 앉혔다. 이성계가 노래 부를 것을 미리 알은 듯했다. 가야금을 손톱으로 퉁기며 아이가 신호를 보냈다. 알 수 없는 감정이 가슴 복판에서 출렁거렸다. 이성계가 빙긋이 웃으며 아이 말을 받았다.

"누오, 그 이름을 담아 노래하면 되겠느냐?"

아이가 고개를 끄덕일 때, 물결 같은 달빛이 아이의 머리 꼭대기에 내려와 흔들렸다. 오래도록 바라보고 있으면 아이는 한 점 별이 되는 것 같았다. 달빛 내린 오목대 숲에서 아이의 눈동자가 평생을 두고 잊힐 리 없는 속도로 밀려왔다. 잊힐까 두려운 아이가 이성계의 마음속에 쿵-, 오동이 되어 떨어져 내렸다.

이성계의 입에서 높고 그윽한 노래가 흘러나왔다. 한나라 고조의 위엄과 이성계의 목청은 다르지 않았다. 저녁나절 가야금 소리가 물처럼 부드럽게 들렸다. 가느다란 선율이 이성계가 선 자리를 맴돌다 하늘로 올라갔다. 머리 위로 흩어지면서 선율은 긴 날의 인고를 허물고 앞날을 기약하는 것 같았다.

가야금 소리가 노래를 에워싸고 먼 곳까지 흘러갔다. 먼 곳에서 가야금 소리가 마파람을 안고 되돌아왔다. 가없는 노래가 선율 속에 흔들렸다.

> 큰 바람 일어 뜬구름 아득히 흩어지누나 大風氣兮 雲飛揚
> 난바다에 위세를 떨치고 고향으로 돌아갈 제 威加海內兮 歸故鄕
> 용맹의 무사를 얻으니 동서와 남북이 평안하네 安得猛士兮 守四方

이성계의 대풍가大風歌는 밑도 끝도 없는 세상으로 번져갔다. 노래 속으로 가야금 소리가 빨려 들어갔다. 소리가 없던 대기 위로 노래가 실려 갔고, 가야금 선율 위로 아이의 춤사위가 조용히 떠갔다.

*

달빛 아래 아이의 춤사위는 홀로 날개를 저어가는 백학 같았다. 철마다 태어난 곳을 찾아 날아든 기러기 같았다. 아이가 이성계의 노래에 맞춰 가없는 선율과 춤으로 저만큼 멀어졌다가 다시 가까워졌다. 미끄러지듯 떠오르는 선율과 아이의 춤사위 속에 대숲 언저리에 숨어 있던 바람이 불어왔다.
파란 빙천 아래 아이의 춤은 아슬아슬하면서도 외로워 보였다. 노래가 끝나자 아이가 춤을 멈추었다. 한 자락 긴 꿈을 꾼 것 같은 기분이 들었다.

"너는 가야금이 좋으냐?"

아이가 가야금을 내려놓고 고개를 끄덕이며 이성계를 올려봤다. 이성계가 조용히 덧붙였다.

"가야의 선율이 너와 함께 하는구나. 그 또한 어여쁘구나."

아이가 두 걸음 앞으로 걸어왔다. 젖은 눈으로 아이가 말했다.

"돌아올 것입니다. 승하한 뒤 초상으로 전주에 남을 것입니다."

죽은 뒤 한 점 그림으로 전주에 돌아온다는 아이의 말은 무척이나 우울하게 들렸다.

"초상으로 전주에 남을 것이란 그 말은……."

이 순간에도 이성계는 불확실한 미래보다 머릿속을 스쳐가는 바람의 사제들을 떠올렸다. 미래 시간에 사제들이 남아 있을지 의문이 들었다. 아이에게 물으면 답해줄지 알 수 없으나, 검은 존재들이 미래 시간까지 남아 있을 것 같은 불길한 예감이 들었다.

아이가 말을 이었다. 아이의 말 속에 앞날의 혁명이 보였다. 혁명을 딛고 일어서는 새 나라의 기운과 과오도 보였다.

"새 나라의 군주가 될 것이며, 단 한 번의 불온한 혁명으로 왕위에 오를 것입니다. 다섯 번째 아들은 형제를 죽이고 왕위에 오를 것입니다. 끓어오르는 나라의 가마솥을 엎으려 하지 마시고 지켜보소서. 그 아들의 아들이 천년 너머까지 이어질 나라의 지문과 무늬를 새길 나랏글을 창제할 것이며, 그 나랏말이 오랜 수난을 견디며 나라를 일으킬 것입니다."

… 알 수 없구나.

이성계는 대꾸하지 않았다. 아이의 말은 대답할 수 없는 먼 곳의 일처럼 막막했다. 새 나라의 기운이 미래에 있다는데, 바라보면 외람되고 돌아보면 창백하기만 했다. 생각 끝에 아이가 덧붙였다.

"장차 고려를 허물고 아침을 여는 나라, 그 나라의 임금이 될 것입니다. 하여, 피바람과 피비린내를 잠재우고 조용히 가라 하셨습니다."

"나는 시골 무사로 연명하였고, 지금은 고려의 무신일 뿐이다. 칼을 쓰는 게 내 직업이고 본분인데, 어찌 피비린내 없이 칼을 들 수 있겠느냐?"

"먼 훗날 그것 때문에 많이 아파하십니다. 피로 물든 젊은 날을 몹시 후회하십니다."

가혹한 세상을 만났으니 이름 없이 죽어가는 것보다 적과 다투며 피를 보면 다행이지 싶었다. 적의 적이 일으키는 파문과 소요와 내분을 잠재우기 위해 칼을 쓸 수밖에 없다면, 그보다 더한 일도 할 수 있을 것 같았다. 적의 적으로서 국가적 내홍에 얼마나 익숙할지 알 수 없으나, 이성계는 모두를 쇄신하고 싶은 마음이 간절했다. 그 모두 살아남아야 가능했고, 삶을 걸 때 얻을 수 있었다.

아이의 말은 헛것 같지 않았다. 주위를 둘러봤다. 멀리에서 와자한 소리가 들렸다. 무사들의 저녁은 넉넉하고 편안한 듯했다.

이성계가 고개를 끄덕이며 말했다.

"이곳 풍치가 너와 잘 어울리는구나. 이토록 아름다운 산과 물이 겹쳐져 있는 곳은 처음이다. 누각 하나 세워 한잔 꺾으면 딱 좋을 같구나."

비록 함흥에서 태어났어도 이성계는 전주만큼은 잊지 못했다. 추상같은 선조의 태동이 전주에서 시작되었으니, 어디를 떠돈들 잊힐 리 만무했다. 할아비의 할아비로부터 전해온 꿈과 이상과 야망이 시작되는 곳, 이성계는 날마다 머릿속에 구획된 지도를 따라 구불구불 이어지던 전주의 자락을 생각했다.

아이가 밝은 표정으로 대답했다.

"훗날, 최담이라는 집현전 문신이 이 자리에 누정樓亭을 지어 많은 문관들과 시를 짓고 정담을 나눌 것입니다."

"그런가? 때가 되면 최담에게 나도 꼭 불러주라 전해줄 텐가?"

아이가 말없이 웃었다. 달빛이 아이의 얼굴을 비출 때 부엉이 울음이 들렸다.

"그 마음 부디 변치 말고 오래 가져가소서. 저는 물러갈 것입니다. 때가 되면 저와 함께 했던 추억이 떠오를 것입니다."

미래 시간에서 추억을 심어주려 온 아이는 넙죽 허리를 숙였다. 신기루 같은 아이의 말을 무엇으로 받아들여야할지 아직은 알 수 없었다. 말을 삼키고 시간을 견디다 보면 아이의 말을 이해할 수 있을 것 같았다. 그때가 언제일지, 막막하고 막막한 시간이 눈앞에 밀려왔다.

"기억하마."

이 순간 아이에게 던질 수 있는 말로 최선이 될지 몰랐다. 아이의 말을 새길 때 기억할 조건은 아이의 눈동자가 말해주었다. 그 이상 바람은 더 살아봐야 알 것 같았다. 아이가 뚜렷한 눈빛으로 말했다.

"저는, 저는 시간을 삼킨 아이입니다."

아이가 붓과 가야금을 들고 뿌연 안개 속을 걸어갔다. 머리 위에서 총총한 별들이 물길을 놓고 기다렸다. 달이 지나는 시간에 아이는 미래로 건너가는 듯싶었다.

*

 시간을 삼킨 아이.
 미래 시간대에도 바람의 사제들은 남아 있을지 알 수 없었다. 천년 저편 여주 황학산에서 시작되었으나 언제 어디에서 모습을 드러낼지 알 수 없었다. 소수의 비선들 사이에 전해 내려온 사제들의 정체는 불모의 영토에서 전설과 신화로 떠돌 뿐이었다. 모두와 단절되거나 모두로부터 절대 우위에 선 아이들을 한 곳에 모아 대동 세상을 만들어간다는 사제들은 존재를 덮고 자취를 감출 때 신비로 돌았다.
 자리를 돌아서자 정몽주가 보였다. 멀지 않은 곳에서 이성계를 지켜본 모양이었다. 아이와 나눈 말을 들었을지 몰랐다. 대풍가를 들었을지도 몰랐다. 국경 너머 전설의 인물이 불렀을 노래를 따라 부를 때, 이성계의 마음을 보았을지 알 수 없었다. 그 모두를 알든 모르든 이성계는 아무렇지 않았다. 표정이 무엇을 말하든 정몽주는 여생을 걸어도 될 것 같았다.
 머리 꼭대기에 떠오른 달빛이 은하를 저어갈 때 높고 아름다운 고려의 이상을 짊어진 정몽주의 야망이 보였다. 정몽주의 야망은 이성계의 꿈과 같을지 알 수 없었다. 정몽주의 목에는 근심이 지워진 듯했다.

"초여름이어서 그런지 아직 밤기운이 차갑습니다."

정몽주가 모포를 내밀었다. 부드러운 털이 만져졌다. 죽은 뒤 가죽을 남긴 짐승의 생애가 안타까웠다. 사람을 위해 태어난 적 없는 짐승의 생애가 문득 눈물겨웠다. 목 언저리를 감싸 안을 때 털가죽의 주인이 오소리라는 것을 알았다.

"내일 날이 밝는 대로 개경으로 돌아갈 것이네."

제.

정몽주의 대답은 짧고 단단했다. 단호한 성정이 전부 마음에 들지는 않았으나 정몽주는 이색과 견주어 눈빛과 문장과 음색이 달랐다. 그 다름이 뛰어나다 말할 수 없으나 이성계의 마음을 쥐고 흔드는 일은 없었다. 비선의 비호를 받거나 실세를 업고 너른 고려의 마당에 뛰어드는 일도 없었다.

정몽주는 단단한 충정으로 고려를 품은 자였다. 고려를 아끼는 정몽주의 마음이 바다 건너 있지 않고, 산 너머에 있지 않아 다행이었다. 그 이상 바람은 헛된 망상이며 삿된 공상에 지나지 않으므로, 달빛이 밝거나 흐려도 정몽주는 곁에 있지 싶었다.

역성혁명

 마른 날들이 밀려왔다. 지나간 날들은 가물거릴 뿐 돌아오지 않았다. 요동정벌을 원하는 우 임금의 치세를 논할 때, 네 가지 불가한 이유가 합당한지 알 수 없었다. 그때는 옳았으나 지금은 다툴 여지가 많았다. 혼돈 없이 깨끗한 사유로 임할 때 이성계를 가로막는 최영의 의중은 도무지 이해되지 않았다. 임금을 앞 세워 철저히 이성계를 가로막은 데는 이유가 있지 싶었다.
 최영은 고려의 임금을 놓고 더 높고 더 아름다운 자리를 원한 것은 아니었는지, 생각할수록 아까운 무신이었다. 최영은 공민왕 8년(1359) 이방실과 함께 함락된 서경에서 홍건적을 내몰았고, 두 해 건너 다시 고려 땅을 넘본 홍건적이 개경까지 밀고오자 어김없이 격퇴했다.

최영의 무훈은 전라판서에 올라서도 이어졌다. 공민왕 12년(1363) 홍건적을 물리친 무공에 불만을 품은 김용은 임금을 살해하기 위해 흥왕사 행궁을 침범했으나 최영에 의해 무마됐다. 이어진 제주에서 말 목장을 운영하던 원나라 묵호 세력의 난을 잠재웠다. 우 임금 3년(1376)에 다시 왜적이 들끓었다. 삼남을 따라 왜적이 밀고 들어오자 최영은 홍산에서 적을 대파했다. 최영의 무훈은 이성계의 무훈과 비길 데가 없었다. 오히려 빛나는 무훈이 목숨을 앞당겼을지 몰랐다.

 우 임금 14년(1387) 요동정벌을 앞두고 대대적인 정비가 단행됐다. 팔도에 징병을 독촉하고 승려들을 모아 승군을 편성했다. 압록강에 수십 척의 배를 띄워 다리를 놓았다. 경기도 병력을 나누어 동강과 서강에 출몰하는 왜적을 방비했다.

 최영을 팔도도통사로 임명하고, 이성계를 우군도통사로, 조민수를 좌군도통사로 삼았다. 심덕부를 서경도원수로, 왕안덕을 양광도도원수로, 박위를 경상도상원수로, 최운해를 전라도부원수로, 경의를 계림원수로, 최단을 안동원수로 임명해 좌군에 배치했다. 정지를 안주도도원수로, 지용기를 상원수로, 이빈을 동북면부원수로, 구성로를 강원도부원수로 봉하고 우군에 배치다. 요동정벌에 투입된 좌우군 병력은 5만 명에 육박했다. 동원된 말은 이만일천 육백팔십 두 필에 이르렀다.

*

 장마가 시작되면서 전세는 불리했다. 압록강 물살은 산맥 같은 기세로 아군을 위협했다. 이성계는 조민수와 함께 회군을 요청했으나 조정은 이를 묵살했다. 임금과 최영은 내관 김완을 시켜 금과 비단과 말을 보냈으나 불어난 물살을 건널 방도가 없었다. 위화도에서 좌우군 병력이 철수하고 있다는 소식은 청천벽력 같았다. 소식을 접한 최유경은 황해도 봉주에 머물러 있던 임금에게 회군을 고했다. 조전사 최유경은 어렴풋이 회유의 이유를 알았다.
"이성계와 조민수가 지휘하는 좌우군이 위화도에서 회군하여 개경으로 돌아가고 있나이다."
"개경으로 군사를 돌린다니, 우리가 칠 곳이 요동이 아니라 개경이란 말이냐?"
 격노한 임금은 회군의 이유를 뚫어보지 못했다. 생떼 같은 이유만으로 진격이 멎은 것을 이해할 수 없었다. 요동정벌의 실패를 이성계와 조민수의 회군만 가지고 다툴 수 없다는 것도 알지 못했다. 명나라 군사에 비해 고려 군사력의 역부족도 인식하지 못했다. 요동을 제쳐두고 팔도가 왜적과 대치하느라 진을 빼고 있다는 사실도 간파하지 못했다.

멀지 않은 까닭마저 임금은 앞당겨 보지 않았다. 백성이 전쟁에 동원됐고, 생활이 피폐했으나 임금은 오감과 동떨어진 이유만으로 모두를 묵살했다. 군사와 식량을 동원하지 못한 것에 대해 임금은 백성 없는 땅에서 곡물이 자라길 바랐고, 지친 군사들을 사지로 내몰기에 급급했다.

임금과 더불어 최영은 무모할 정도로 국력을 과신했다. 최영은 준비되지 않은 군비를 앞세워 다급한 마음으로 출정했다. 그 모두를 읽은 이성계와 조민수는 임금에게 전령을 보내 최영을 제거하지 않으면 전란으로 나라가 무너질 것이라고, 회유 섞인 엄포를 놓았다.

> … 지금은 때가 아니옵니다. 백성들이 전쟁에 동원되고 있나이다. 이번 전쟁은 무르익지 않았나이다. 위태를 안고 전쟁이 임할 수 없나이다…….

임금의 명을 어긴 죄 불충이었다. 임금을 협박한 죄 반역이었다. 불충과 반역은 다른 질감과 다른 속도로 밀려왔으나 임금 앞에 드러난 죄상의 무게는 같았다. 임금은 이성계와 조민수의 관직을 박탈하고 최영을 문하시중으로 임명했다. 우현보를 우시중에 봉했다. 송광미를 문하찬성사로 삼아 반란군 진압을 명했다.

임금의 의지가 확고하고 돌이킬 수 없다는 것을 알았을 때, 이성계는 견훤이 내린 금척보다 정몽주와 정도전을 생각했다. 몽환과 허상이 아닌 현실의 명분으로 이성계는 앞을 바라봤다. 정몽주의 지성과 단호함으로 난세를 평정할 수 있을 것 같았다. 정도전의 비상함과 날카로움으로 출렁이는 난바다를 잠재울 수 있을 것 같았다. 정몽주와 정도전이 합세하여 길을 터준다면 훗날이어도 요동을 정벌하고 남을 것 같았다.

대세와 판도를 읽으면서 이성계는 정몽주와 정도전을 마음속에 묻었다. 앞날의 기약은 옳았다. 우선은 앞을 가로막은 최영의 군사를 끝내는 데 집중하는 것이 나쁘지 않다고 판단했다.

우군으로 숭인문을 뚫게 했고, 좌군으로 선의문을 공략하도록 했다. 결과는 좋지 않았다. 최영이 이끄는 중군의 역습은 이성계를 무춤거리게 했다. 실패를 딛고 응전을 거듭할 때 최영의 기운이 꺾여나가고 직면한 대세를 이성계는 읽었다.

피바람

 궁성은 이성계가 몰아가는 말발굽 아래 짓이겨졌다. 궁성의 피바람은 생각보다 거세고 거침없었다. 끓어오르는 혁명은 불충과 반역에 불과했으나 이를 잠재울 문무는 어디에도 없었다. 역성혁명의 불온은 피비린내로 덮였다. 반란은 임금이 머문 화원 담장을 무너뜨리며 밀려갔다.
 "높고 아름다운 나라가 무너지는구나. 고려를 업신여긴 자, 임금을 능멸한 자, 임금의 자리를 탐한 자, 역성의 음모와 역적의 난입을 후대가 기억할 것이다."
 사로잡힌 임금은 수치로 몸을 떨었다. 임금은 치욕을 끌어안고 울었다. 이성계는 통증이 밀려오는 것을 알았다. 고통을 대신할 고통은 없었다. 혀를 깨물고 죽을 수 없는 임금의 마음이 보였다. 영토 회복을 염원한 임금의 마음은 단지 마음일 뿐이었다. 멀리 바라보며 고려가 직면한 현실을 감안하였다면 섣불리 내릴 결정이 아닌 것을 알았을 것이다. 임금은 죽자고 밀어부쳤고, 그런 임금을 부추겨 살자고 최영은 끌어 당겼다.

결과에 대해 누군가 책임을 져야했으나 임금의 폐위가 합리인지, 붙잡힌 최영의 투옥이 적정한지 쉽게 풀리지 않았다. 감각이 둔한 것을 탓할 수는 없으나 이 지경까지 밀고 온 대가는 누군가 짊어져야 했다.

수많은 병력이 같은 날 같은 시간대에 사라졌다. 많은 무사들이 치명의 상처를 안고 돌아가야 했다. 군비의 소모는 국가의 소모이므로, 회군을 전할 때 현실과 합리의 수위로 받아들였다면 이 지경까지는 오지 않았을 것이다.

시간을 뚫고 날아든 죽음은 저마다 해석이 달랐다. 죽음에는 색깔이 없어도 죽음에 든 감정과 울분은 저마다 곡진한 사연을 품고 왔다. 이성계는 목이 타들어가는 것을 알았다. 등줄기를 타고 올라오는 식은땀을 인내하기에는 날이 좋지 않았으나 모두를 엎고 새 날을 기약하기에는 날이 좋았다.

이성계가 한숨을 내쉬었다. 돌이킬 수 없는 과오만큼은 부정할 수 없었다. 이성계의 목에서 탁한 음색이 나왔다.

"과오를 과오로 남기지 않을 것이다. 정도전을 불러라. 정몽주도 볼 것이다."

정도전은 정치 지향과 백성에 대한 생각이 달랐다. 세상을 바라보는 사유와 관점도 달랐다. 정도전은 세상의 중심을 고려에서 찾아냈고, 세상의 중심이 국경 안에서 불어오길 바라 마지 않았다.

원나라 사신도 정도전의 세계관을 꺾을 수 없었다. 그 이유로 정도전은 전라도 회진현에서 유배생활을 했다. 정도전은 유배생활을 하는 동안 백성을 향한 위민과 백성이 짊어진 고락을 함께 나누고자 했다.

*

우 임금 10년(1384).

관직에서 물러난 정도전이 이성계를 찾은 것은 우연이 아니었다. 여진족 호발도胡拔都의 침입을 막고자 함경도에 출병한 이성계에겐 새로운 기회였다. 정도전은 이성계가 자신의 포부를 실현해줄 것을 확신했다. 군영 앞에 아름드리 자란 노송 아래 새긴 정도전의 시구詩句는 지울 수 없는 인상을 남겼다.

아득한 세월에 한 그루 소나무

푸른 산자락 겹친 자리에 외로이 자라났구나
잘 있다가 다른 해에 만나볼 수 있을까
인간을 굽어보며 묵은 자취를 남기는구나……

정도전의 시구 속에 외로이 자란 소나무가 자신을 가리키는 것을 이성계는 알았다. 한 편의 시가 사람을 가리키고, 사람을 알아볼 때는 훗날을 기약하는 정성이 먼저 왔다.

정도전의 시편으로 고려 정치에 가려진 의구(疑懼)가 짙은 사색으로 물드는 것을 이성계는 알았다. 귀족과 권력의 부패를 바라 볼 때 정도전 신망은 뚜렷이 밀려왔다. 백성의 위민을 다독이는 정도전의 심리는 인간 본연의 인정과 상생의 원칙을 깔고 왔다. 이성계는 정도전의 급진이 마음에 들었다. 정몽주와는 다른 개혁이 마음을 쓸고 가는 것도 알았다.

정몽주는 이색 문하에서 정도전과 함께 수학했으나 이념과 사상과 기호와 인정이 서로 달랐다. 예문관 검열로 관직에 첫발을 내디딘 정몽주는 여러 관직을 거쳐 성균관 대사성에 올랐다.

고려 땅에 성리학이 건너올 때 정몽주만큼 탁월한 지성을 보인 학자는 없었다. 명나라와 바다 건너 일본과 외교를 주도한 것도 정몽주였다. 친명 노선을 걷던 공민왕이 시해된 뒤

친원파가 사신을 죽이는 사건이 일어났을 때도 고려의 명분을 세우고 화친을 도모한 것도 정몽주였다. 이성계는 정몽주의 직관과 사유가 마음에 들었다. 그 무거움이 오래 마음에 자리 잡았다.

 언제까지 둘을 데려갈지 알 수 없으나 둘의 신망은 언덕에 올라 높은 세계와 세상의 아름다움을 내려 받는 것과 같았다. 하나의 세계에서 두 가지 세상을 받을 수 있는 확률은 극소했으나 둘의 신망이 맺혀들 곳은 어렴풋이 보였다.

 이성계는 두 세상을 간절히 원했다. 간절한 바람은 생각을 낳고, 생각은 맺히듯 밀려왔다. 하나의 천하에 해와 달을 동시에 띄울 수 있을지는 의문이었다.

 목숨 건 회군이 유효했는지, 대륙의 판세를 읽고 심리를 조율한 것이 정확했는지 알 수 없었다. 알 수 없는 생각은 최영의 군사 앞에 팽팽히 일어섰다. 전쟁에서 죽어간 고려 무사를 생각했고, 황산의 햇살 가운데 비척거리며 무너지던 불을 생각했다. 그 모두 결전의 이유로 왔고, 돌이킬 수 없는 회군의 조건으로 왔다.

 최영은 남은 생을 마다하고 죽기를 바랐으나 유배만으로 과오를 씻게 했다. 임금은 요동을 원한 대가로 다음 생을 기약할 수밖에 없었다. 그 모두 잘한 결정인지 묻지 않았다. 알고 싶지도 않았다. 요동정벌의 실패와 위화도 회군은 두고두고 치욕으로 남을 것이었다. 회군의 연대는 무진년(戊辰年, 1388)이었다.

다섯 번째 아들

 다섯 번째 아들의 이름은 방원芳遠이었다. 방원은 맏형 방우芳雨와 둘째 방과芳果와 연대하지 못한 날이 많았다. 어려서부터 글을 지을 때 방원은 형들과 달리 탁월하며 출중했다. 칼과 창보다 시문에 능했고, 말 타기와 활쏘기보다 산문에 더 뛰어난 것도 알았다.

 어린 시절 어미 한씨韓氏와 찾아든 사찰에서 방원은 탑돌기보다 붓으로 먹을 찍어 종이에 새기길 좋아했다. 아이의 붓은 가없이 벼루 속 먹물과 어울렸다.

 붓이 가는 길을 따라가면 종이 위로 해가 떠오르고 기울었다. 종이를 따라 달이 차오르면 어느새 아침이 밝아왔다. 종이 위로 비가 내렸고, 눈보라가 불어갔다. 천둥과 번개가 종이에 새겨질 때 이성계는 다섯 번째 아들의 재능을 알았다.

놀라움은 잠시였으나 글속에 이념이 새겨드는 순간 이성계는 다섯 번째 아들의 미래를 생각했다.

머릿속을 가로질러 시간을 삼킨 아이의 말이 섬광처럼 떠올랐다. 말 속에 떠가는 다섯 번째 아들의 불온한 미래가 보였다.

… 훗날 장군의 다섯 번째 아들이 임금의 자리에 오른 뒤…….

이성계가 어린 아들을 바라보며 깊은 숨을 내쉬었다. 감출 수 없는 시간의 간극에서 이성계가 보고자 한 것은 미래의 예지가 아니라 앞날의 화평이었다. 그럼에도 어린 아들의 붓은 당혹스러웠다. 어린 아들의 고집을 꺾을 수 없다는 것을 알았을 때, 이성계는 붓과 칼의 조화를 아들에게 기대할 수 없었다.

어린 방원의 생각을 따라 종이에 길은 새겨졌다. 붓 끝에 생각을 모으면 종이가 붓 아래 집중했다. 아들은 사유하는 대로 종이에 글을 새겼는데, 아들의 손과 붓의 간극은 불가사의한 영역에서 서로 교감하고 통찰하는 듯이 보였다.

이성계가 본 것은 거기까지였으나 다섯 번째 아들의 신비는 따로 있었다. 손이 닿지 않아도 붓이 벼루에 고인 먹을 찍어 종이에 글을 새겼는데, 누구도 본 사람은 없었다. 아무도 없는 자리에서 다섯 번째 아들은 허공에 곧잘 붓을 띄웠다. 붓이 알아서 종이에 글을 새기면 어린 아들은 기쁜 마음으로 하루를 보내곤 했다.

처음 붓을 띄우던 날 다섯 번째 아들은 놀라움을 감추지 못했다. 놀라운 일은 우연히 왔다. 끓는 물에 손을 데인 아들의 낙담은 컸다. 간절히 붓을 원했으나 흰 천을 싸맨 손으로는 붓을 쥘 수 없었다. 붓을 바라보며 마음으로 글을 쓸 수 있기를 아들은 바랐다. 그 바람은 아들의 것이었으므로 아들은 허공에 붓을 띄우고는 스스로 놀라워했다. 붓을 다스리는 능력을 발견한 다섯 번째 아들은 세상을 다 얻은 기분이 들었다.

상처가 다 나은 뒤에도 아들은 붓과 가까이 했다. 생각은 많지 않았으나 붓을 다스릴 때 글은 정직하게 종이에 새겨들었다.

*

붓을 다스리는 아이.

어린 방원은 생각의 결정을 붓 끝에 모을 수 있었다. 생각만으로 붓을 띄워 까만 문장으로 새길 수 있었다. 손과 붓의 간극이 사라진 다섯 번째 아들은 생각하는 무엇이든 시문으로 드러냈고, 머리에 머금은 것을 산문으로 드러낼 줄 알았다. 일필휘지의 시간은 짧았으나 글은 바다와 산맥을 잇대어 깊고 넓은 종이의 횡단을 가로지르며 온종일 뻗어갔다.

알 수 없었다. 마음에 따라 움직이는 붓은 신비로웠으나 종이에 글을 새기는 것 이상 무엇도 기대할 수 없었다. 붓만으로 세상 앞에 나아갈 수 없고, 되돌아올 수 없다는 것도 알았다. 비 내리는 날 허공에 떠오른 붓을 바라보며 방원은 붓 대신 칼을 다스릴 수 없는가를 생각했다.

칼은 집중해도 움직일 기미가 없었다. 칼은 붓과 다른 성질로 왔다. 칼은 마음보다 몸을 원하는 것 같았다. 마음으로 다스릴 수 없는 칼은 의미가 없었다. 칼은 마음과 무관한 조건으로 성장하는 것을 나중에서야 알았다.

… 칼을 다스릴 수 있다면…….

어린 방원은 칼을 쥐고 싶어 했다. 붓을 가까이 할수록 몸에서 멀어지는 칼의 숙명도 알았다. 붓을 다스리는 운명은 단순했다. 칼을 다스릴 수 없는 운명은 가혹하고 쓰라렸다.

붓은 난세를 뚫어갈 용기와 무관했다. 붓으로는 마음을 평정시킬 수 있어도 세상을 평정할 수는 없었다. 어린 방원은 붓을 버릴 때 비로소 칼이 오는 것을 알았다. 종이 없이 허공에 문장을 새기는 순간 방원은 알았다. 여기가 자신의 한계라고. 그 이상 바람은 무모하며 바람 부는 언덕에서 휘파람을 부는 것과 같은 것이라고.

 방원은 세상을 원했다. 좁은 골방에서 붓을 띄워 문장을 새긴들 방원의 야망 앞에 붓의 기세는 아무 쓸모가 없었다. 난세에 붓은 무모하며, 세상을 얻을 수 없는 붓은 성가시고 귀찮은 도구일 뿐이었다. 붓만으로는 야망을 잠재울 그 어떤 성취와 보람을 느낄 수 없었다. 아무리 뛰어난 시문을 짓고, 산문의 탑을 쌓아도 그토록 원하는 세상과 멀어지는 것을 알았다. 붓을 버려야 칼을 얻을 수 있으며, 세상은 칼을 줄 때 올 것을 방원은 내다봤다. 칼을 쥐고 휘두르면 세상은 바람을 타고 발아래 집중하는 것도 어느 날엔가 알았다.

 정몽주의 마음을 떠보기 위해 지은 〈하여가何如歌〉를 끝으로 방원은 붓을 버렸다. 붓을 버리던 날 방원 오래 울었다.

> 이런들 어떠하리 저런들 어떠하리
> 만수산 드렁칡이 얽혀진들 어떠하리
> 우리도 이같이 얽혀 백년까지 누려보세

칡 하나로 정몽주의 마음을 움직일 수는 없었다. 세상 위에 얽힌 인연이 아무리 칡덩굴 같아도 고려를 향한 정몽주의 마음은 높고 가파를 뿐이었다. 방원은 정몽주와 함께 갈 수 없다고 판단했다. 세상 끝에서 정몽주는 오직 고려만을 근심했고, 고려의 임금만을 추앙했다. 정몽주의 마음은 하나였다. 하나의 마음으로 정몽주는 죽어가길 원했다.

> 이 몸이 죽고 죽어 일백 번 고쳐 죽어
> 백골이 진토되어 넋이라도 있든 없든
> 임 향한 일편단심이야 가실 줄이야 있으랴

깊고 단단한 정몽주의 마음은 읽혀지지 않았다. 읽을 수 없는 정몽주의 속을 두고 방원은 오래 망설였다. 살려서 함께 가기를 원했으나 정몽주의 뜻은 돌이킬 수 없는 물살로 밀려왔다.

붓을 버리는 마음으로 정몽주를 버릴 수는 없었다. 정몽주를 살릴 대안을 모색했다. 무엇도 떠오르지 않았다. 속을 졸일 때, 제 속을 향해 우는 새 한마리가 마음 깊은 곳에서 홀로 울었다. 소쩍새이거나 뻐꾹새 같았다. 새 울음을 삼키는 방원의 눈은 조용하고 청명했다.

정몽주의 길

 조영무는 젊은 무사 다섯과 병문안을 마치고 돌아가는 정몽주를 기다렸다. 비가 내렸고, 캄캄한 저녁이었다. 도롱이를 눌러 쓴 정몽주의 발걸음은 질척거렸어도 무겁지는 않았다.
 집에서 기다리는 어린 여식을 보듬을 생각으로 정몽주는 걸음을 재촉했다. 선지교 앞에서 정몽주는 걸음을 멈추고 주위를 둘러봤다. 다리 건너에서 정몽주를 기다리는 눈빛이 보였다. 한둘이 아니었다. 정몽주를 바라보는 조영무의 눈빛은 비통하고 차가웠다.
 정몽주는 망설임 없이 다리를 건넜다. 조영무가 거침없이 뛰었다. 철퇴를 휘두를 때 정몽주의 머리에 수천 개의 화살이 박혀드는 것 같았다. 피가 튀었고, 눈이 돌아갔다. 선지교 위에서 조영무와 정몽주는 극사실의 그림 같았다.

피습은 급작스러웠다. 밀려오는 죽음은 차갑고 가혹했다. 죽음은 무엇도 말하지 않았으나 정몽주는 깨진 머리로 하늘을 바라봤다. 죽기 직전까지 고통은 정몽주의 것이었으나 죽음에 든 고통은 구름 너머 별 만큼 흔한 것 같았다.

정몽주가 쓰러질 때 세상도 함께 무너지는 것을 알았다. 정몽주는 마지막 순간 높고 아름다운 삶의 다리를 건너 우아한 죽음의 길목으로 걸어갔다. 멀리에서 방원은 그 모두를 지켜봤다.

방원의 입에서 탁한 신음이 새어나왔다.

"고려의 충신이 풀잎처럼 가는구나. 깨끗한 죽음으로 고결한 생을 통찰하니 아름답다. 그 깨끗함이 나와 손잡고 함께 갈 수 없으니 애통하다."

정몽주는 죽는 순간까지 높고 아름다운 나라를 걱정하고 고려의 임금을 향해 엎드렸다. 정몽주의 마음은 죽든 살든 오직 하나였다. 그 마음이 방원의 마음에 박혀들 때 선지교 아래 물빛은 고요했다. 하늘은 어두웠으나 별들은 또렷이 물속에 내려앉았다.

방원이 혼잣말로 읊조렸다. 입에서 파란 입김이 나왔다.

"허나, 이 밤에 벽란도에서 말을 달리지 않았더라면……."

몸서리치는 위기를 떠올리며 방원은 돌아섰다. 바람이 동에서 서로 붙어갔고, 하늘 모서리에 별이 총총했다. 방원의 뒷모습은 어느 때보다 쓸쓸해 보였다.

*

 정몽주가 죽던 날 명나라 사신으로 떠났던 세자의 귀환을 앞두고 모두가 분주했다. 모처럼 나선 사냥은 이성계의 뻐근한 몸을 풀 기회였다. 황산에서 적의 칼과 화살에 불을 보낸 뒤 새로 온 말들은 얼마가지 못했다. 그날도 눈길에 미끄러지지만 않았다면 늙은 멧돼지를 놓치는 일도 없었을 것이다.
 황주黃州 사냥터에서 낙마한 이성계의 부상은 생각보다 깊었다. 허리 통증은 참을 수 없을 만큼 컸다. 억지로 움직였다간 평생 무너진 몸으로 살아야 할 듯이 고통이 심했다.
 목숨을 노리는 시점에 이성계의 부상은 정몽주에게 기회가 될 것을 방원은 내다봤다. 절체절명의 위기는 이성계를 급히 개경으로 이송한 뒤 정몽주를 기다렸다. 예감대로 정몽주는 이성계를 보기 위해 병문안을 왔다. 벗의 마음을 안고 왔더라면 정몽주는 살아남았을 것이다. 복심을 품고 정적政敵으로 온 것을 알았을 때 방원은 붓을 버릴 때가 된 것을 알았다.
 붓을 띄워 종이에 새긴 〈하여가〉는 정몽주에게 베푼 마지막 기회였다. 정몽주는 기회를 뭉개고 고려의 충신으로 남기를 원했다. 정몽주의 충은 하늘을 찌를 듯 높고 가팔라 살아서 돌아갈 수 없었다.

 방원의 마지막 부탁을 거절할 때 정몽주는 이 밤에 집에 돌아갈 수 없는 것을 알았다. 정몽주는 붓으로 쓴 세상을 원했으므로 죽을 수밖에 없었다. 붓으로 일으킨 세상은 칼 앞에 무력할 수밖에 없는 이치를 정몽주는 알았을 것이다. 깨끗한 붓을 안고 죽을 수밖에 없는 정몽주는 방원의 마음에서 지워지지 않았다. 방원은 깊은 숨을 내쉬며 왔던 길을 돌아갔다.

선지교 善地橋

 선지교 박석 위로 정몽주의 피가 작은 샛강을 내고 흘렀다. 붉은 샛강을 따라 고려의 사계가 불어갔다. 다리 위에 홀로 누운 정몽주는 외로워 보였다. 멀리에서 부엉이 울음이 들렸다. 정몽주의 피는 검고 캄캄했다. 돌을 뚫고 핏방울이 스며들 때, 다리 건너 풀숲에서 지켜보는 눈이 있었다. 다리 아래로 솔바람이 불어갔고, 새 울음이 요요했다.

 조영무와 무사들이 돌아간 뒤 풀숲에 숨어 있던 눈이 얼굴을 드러냈다. 작고 여린 계집아이였다. 숨이 끊어지기 직전 계집아이는 다리를 건넜다. 정몽주를 내려 보며 아이는 입을 다물지 못했다. 아이가 겨우 뱉었다.

"아버지……."

 정몽주가 간신히 눈을 떴다. 숨을 몰아쉬자 입에서 피가 쏟아졌다. 아이의 손을 잡고 정몽주는 사력을 다해 꿈틀댔다. 정몽주의 눈 속에 붉은 고려의 샛강이 보였다. 샛강을 따라 정몽주가 살아온 날들이 사공 없이 노를 저어갔다.

"누오야, 착한 것."

정몽주가 기침했다. 다시 입에서 핏방울이 튀었다. 아이가 눈을 감았다가 떴다. 깨진 머리로 쓰러져 누웠어도 아비는 지울 수 없는 얼굴로 왔다. 아이가 정몽주를 흔들었다.

"아버지, 누가 아버지를……."

"나는 고려에 남고 싶었다. 별처럼 높고, 꿈 같이 아름다운 나라, 고려 말이다."

정몽주는 말을 맺지 못했다. 끓는 정한이 말끝에 밀려왔다. 살았을 때 전하지 못한 연민은 죽음을 앞두고 찾아왔다. 질긴 생명은 감을 수 없는 눈으로 어린 여식을 바라봤다. 정몽주의 눈빛은 외롭고 단단해 보였다. 무수한 날들이 머릿속에 떠갔다. 불시의 죽음은 삶의 미련과 함께 왔다.

"아버지, 일어나. 눈 내리면 눈사람도 만들고, 대나무로 썰매도 만들어준다고 했잖아."

정몽주가 웃었다. 일그러진 얼굴 위로 붉은 꽃송이가 보였다. 아이가 입가에 묻은 꽃잎을 닦아냈다. 다시 새 울음이 들렸다. 정몽주의 숨이 끊어질 듯 이어졌다.

"그랬지. 눈 내리면……. 그 약속, 지키지 못해 미안하구나."
"괜찮아, 아버지. 눈사람 안 만들어도 돼. 썰매도 안 탈 거니까, 얼른 일어나."
 아이가 흔들며 재촉했다. 아이의 바람은 거기까지였다. 일어설 수 없는 몸은 흔한 달빛 같았다. 산과 들과 물에 내린 달빛의 몸으로 정몽주는 숨을 몰아쉬었다. 아이가 울먹였다. 정몽주가 숨죽이며 겨우 물었다.
"누오야, 오늘이… 오늘이… 네 생일이지?"
 정몽주가 가슴팍에서 노리개를 꺼냈다. 오래전 이성계와 나눈 노리개였다. 푸르스름한 옥돌에 실한 매화가 조각되어 있었다. 오색실로 끝을 장식한 노리개였다. 저자 거리에서 한참이나 떨어진 장인이 만든 노리개는 말하지 않아도 품과 격이 보였다. 노리개를 받는 아이의 표정만 봐도 마음은 전해왔다.
"우리 딸, 누오에게 줄 선물이… 이것 밖에 없구나."
 아이가 노리개를 쥐며 다시 울먹였다. 아이의 입에서 가느다란 피리소리가 들렸다.
"어서 일어나 집에 가야지. 이러다 죽는단 말이야. 아버지, 얼른."
 아이의 얼굴을 쓰다듬었다. 달덩이 같은 얼굴이 만져졌다. 아이의 체온이 느껴졌다. 조용한 떨림이 전해왔다.

"누오야, 아주 오래전부터 세상 속에 숨겨진 아이들이 있었다. 천지자연의 서정과 감성으로 세상을 다스리는 아이들……. 너는, 너는 말이다 세상의 시간을 삼키게 될 게야. 시간을 삼킨 아이……."

아이의 눈이 동그랗게 뜨였고, 아무 소리가 들리지 않았다. 시간이 멎은 것 같았다. 아이가 눈을 깜빡일 때, 정몽주가 말을 이었다.

"너는 무수한 인연을 딛고 과거와 미래를 오고갈 게야. 가야의 선율을 품은 밝은 실, 새기거라. 밝은 실의 누오, 그게 네 이름에 담긴 뜻이야. 가여운 것, 어미도 없이……."

정몽주의 목에서 외마디가 나왔다. 순간 번개가 내리쳤고, 꼬챙이 같은 섬광이 아이의 머리에 꽂혀들었다. 수천수만 개의 바늘이 번쩍이며 아이의 몸을 덮어왔다. 몸이 부서지는 통증이 밀려왔다. 머릿속이 하얗게 지워지는 것을 알았다. 하늘이 무너지는 우레가 들려왔다. 짧은 순간 세상이 밝아졌다가 이내 캄캄한 먹물로 뒤덮였다. 아이가 아비의 품에 쓰러질 때, 뚫린 구름 사이로 달빛이 드러났다. 조각난 달빛이 멀리에서 아이를 향해 내려섰다.

*

얼마나 시간이 지났는지 알 수 없었다. 머리가 헝클어진 아이가 보였다. 정몽주 품에 얼굴을 묻은 아이는 잠들었는지 움직임이 없었다. 어린 짐승 같은 숨을 뱉고는 몸을 떨며 잠꼬대를 했다. 죽은 것 같지는 않았으나 시간은 죽은 듯이 흘렀다.

멀리에서 발자국 소리가 들렸다. 끈을 달아 등 뒤로 붓통을 멘 사내였다. 선지교 위에 쓰러진 아이와 어른을 발견하고는 걸음을 멈췄다. 둘의 모습이 아비와 여식인 것을 알았다. 아비의 목을 먼저 짚었다. 사내가 고개를 가로 저었다. 숨이 멎은 지 한참이나 지난 듯했다. 사내가 눈을 감고 합장했다.

아이의 맥을 짚어보고는 황급히 들쳐 업었다. 서둘러 죽은 아비를 버려두고 자리를 떴다. 어두운 새벽 길 너머로 사내가 걸음을 재촉했다. 사내가 사라진 뒤 한 무리 무사들이 정몽주의 시신을 수습해갔다. 무사들은 은밀하며 소리가 없었다.

하늘이 어두웠다. 천지가 닿은 먼 곳에서 새들이 날아올랐다. 눈이 내릴 것 같았다.

전라도 길

 정몽주가 몸을 버린 뒤 스무 해가 지나서야 전라도 길에 올랐다.
 한양을 떠나 이성계를 태운 수레는 오래 길 위에 흔들렸다. 네 마리 말이 끄는 수레는 아늑하고 안락했다. 몸을 뉘거나 기댈 때도 불편하지 않았다. 밖을 내다보면 바람이 그려내는 각양의 무늬가 들과 산과 물길에 더해져 오래도록 눈에 머무르다 지나갔다.
 들판이거나 물길이거나 산속이어도 길은 늘 또렷했다. 꽃과 나무와 벌레와 과실들이 실어 나르는 향기는 가을을 지나면서 더 오묘하고 풍성했다. 향기가 나지 않은 것들은 오래전 죽은 것들이거나 아직 태어나지 않은 것들이 대부분이었는데, 향기는 생명을 원하는 본능이며 자연의 질서라고, 이성계는 생각했다.

 눈앞을 스치는 풍경은 하루의 삶에 적정했다. 길 위의 시간은 가혹한 날들을 버리기 좋았다. 죽어야 할 것이 하루의 질량 속에 뚜렷이 죽어 갔고, 죽은 것들이 살아 돌아오는 일은 없었다. 살아갈 날들은 흔들리며 밀려갔다. 들과 산과 물로 채워진 길목은 하루의 풍경을 싣고 담양으로 이어졌다.

 담양 수령이 횃불을 밝히고 마중 나왔다. 소박한 차림이었다. 이성계가 말에서 내려 골을 찌르는 멀미를 뒤로하고 악수를 청했다. 수령이 손을 감추고 얼른 바닥에 엎드렸다. 이성계가 수령을 일으켜 세우고 등을 다독였다. 수령의 얼굴을 금세 밝아졌다. 이성계가 웃었다. 이성계의 웃음소리에 고단한 하루가 저물어갔다.

 오래 전 해양도海洋島를 거슬러 당도한 담양의 첫날은 대나무향이 무성했다. 투박한 질그릇에 내온 저녁 음식은 풍족하지 않았으나 토속의 맛이 났다. 기름기가 빠진 떡갈비는 허기진 무사들의 입에도 맞았다. 뒤늦게 당도한 내금위장은 서둘러 그릇을 비웠다. 담양의 들과 산에 자란 나물로 맛을 낸 음식은 이성계의 입에도 맞았다.

 이성계가 음식을 물린 뒤 말했다.
"정갈한 고을이다. 음식마다 대나무향이 식감을 더한다."

내금위장이 부른 배를 감추고 대답했다.

"순박한 자들이 고을을 이룬 곳이옵니다. 맛에 욕심을 보태지 않으니 정직한 맛이 도는 것이옵니다."

이성계가 고개를 끄덕였다. 이성계는 조선에 든 나라의 맛을 생각했다. 나라의 맛은 문신들의 들끓는 공상과 무신들의 권력 너머 무지의 영토, 몽매한 언덕에 놓여 있었다. 뱃속 허기만큼이나 가까우면서도 강렬한 나라의 맛은 쉽게 일으킬 수도, 무너뜨릴 수도 없을 듯했다. 대나무향을 품은 담양의 음식은 오래 지워지지 않을 것 같았다.

인상이 정결하고 입이 무거운 담양 수령이 말했다.

"음식은 풍토에 따라 달라지고 맛은 사람에 따라 달라지는 것이옵니다. 맛을 내는 사람의 직관은 늘 미각에 의존하지만, 그것을 먹는 사람은 뱃속 허기로부터 밀려오는 오감에 충일하기 때문에 맛의 깊은 곳까지 도달하는 것이옵니다."

음식과 맛에 관한 수령의 말은 일품이었다. 토속의 맛이 고을을 일으키는 근본이 되고, 고을의 연명이 생사의 갈림길이 될 것을 수령은 아는 눈치였다. 수령의 목에서 담양의 질긴 생명력과 고을의 생존을 이어가는 까닭이 보였다.

*

이성계가 조용히 숨을 내쉬었다. 저마다 명분을 딛고 자란 고을을 생각했다. 고을마다 밀려드는 인연을 떠올릴 때 세상을 쓰다듬는 나라의 맛이 밀려왔다. 이성계가 조용히 말했다.
"맛은 그런 것이다. 인연을 생각하는 것에서 시작되고, 생장을 이어가는 데 그 까닭이 있다. 기근과 멸족과 죽음과 무관한 곳에서 서로를 버리지 않는 의로운 목소리를 맛으로 보여주는 것이 음식이다. 그래서 음식은 맛을 담고자 하는 사람의 인품을 나타내지 않던가?"
까닭 모를 희망과 먼 곳의 허기가 이성계의 등줄기를 타고 올라 왔다. 숨을 뱉을 때 허파 속으로 담양의 저녁 밀물이 들어찼다. 내금위장이 고개 숙였고, 담양 수령이 지그시 눈을 감았다.
맛의 비경을 안고 이성계는 저녁나절 근심을 버리는 듯했다. 피곤한 기색 없이 표정은 밝고 개운해 보였다. 인천에서 실전에 버금가는 훈련을 끝내기 무섭게 전라도 길을 따라 남도의 들과 산과 물길을 가로지른 이유는 한 가지뿐이었다.
이성계는 정몽주를 잊지 못했다. 그와 나누어 가진 인연은 조금도 아깝지 않았다. 몸을 버린 지 스무 해가 저물었어도 정몽주는 여전히 마음 한곳에 남아 있었다. 정몽주를 마음에 담고 내려온 남도는 한양과 달랐다. 남도의 평야와 바다가 이성계의 운신을 재촉했고, 마음엔 정몽주가 떠다녔다.

 내금위장이 이성계의 말을 받았다. 말 속에 나라의 맛이 출렁거렸다.

 "물과 바람과 흙과 뒤섞일 때 고을이 지닌 맛의 비경은 나올 것입니다. 백성을 기르는 음식에는 저마다 소임이 들어 있으며, 음식은 사초史草와 같은 것이라 그 안에 든 맛의 비경은 무엇보다 중할 것이옵니다. 맛이 맛으로 끝나지 않고 전통으로 이어진다면 그 맛이 곧 나라의 맛이 될 것이옵니다."

 내금위장의 말이 무겁게 들렸다. 맛으로 나라의 기강을 세우고 전통을 이어가는 것이라고, 내금위장의 표정은 흐트러짐이 없었다.

 이성계가 나직이 말했다.

 "음식이란 모두를 위한 것이다. 임금과 신하의 음식을 나누지 말고, 신하와 백성의 음식도 나누지 말아야 한다."

 정확한 맛은 어디에도 없었다. 나라의 맛은 저마다 태어나고 자란 곳이 실세이며, 풍토와 토속과 인심이 합쳐질 때 맛의 진실은 드러났다. 음식으로 나라를 다독이고, 나라의 맛으로 백성을 보듬으려는 이성계의 말은 대꾸하기 까다로웠다. 내금위장은 시간을 딛고 출몰하는 음식 하나로 나라를 근심하는 이성계의 정서를 이해할 수 없었다.

내금위장이 대답했다.

"밤이 깊어가옵니다. 내일 일찍 길을 나서야 두루 살펴볼 수 있을 것이옵니다."

이성계가 내금위장을 바라봤다. 별이 무성한 저녁에 이성계의 표정은 순하고 조용했다.

"음식 하나로 쓸 데 없이 말을 늘였다. 모두 피곤할 테니 각자 자리로 돌아가 쉬도록 하라."

이성계가 자리에서 일어나 방으로 건너갔다. 호롱불을 밝힌 방에서 이성계는 갑옷을 벗고 씻은 뒤 몸을 뉘었다. 잠결에 이성계의 머리맡에 무수한 별이 내리고 긴 강을 건너는 꿈자락이 이어졌다. 별과 꿈 사이 뒤척임 없이 이성계의 잠결은 새벽까지 깊고 조용히 이어졌다. 잠들 수 없는 날이 많았으나 담양의 음식과 맛이 이성계의 잠결을 소박한 언덕으로 이끌어준 것 같았다.

꿈의 지평선

 새벽나절 뻐꾸기 울음이 들렸다. 잠에서 깬 이성계는 물부터 찾았다. 머리맡에 놓인 물그릇을 집어 들고 몇 모금 들이키자 간밤 꿈결에 어른거리던 아이가 떠올랐다. 각진 뻐꾸기 울음을 비집고 아이는 이성계를 향해 울먹였다. 머리를 뒤로 묶은 아이는 창백한 얼굴로 오래 이성계를 바라봤다.
 오래전 견훤왕과 다녀간 적이 있는 꿈속을 걷는 아이였다. 왕가의 비기에도 실려 있었다. 고려 때 현종 임금을 일으킨 강조康兆의 여식으로 기록은 전했다. 거란군에게 생포된 강조는 투항을 저버리고 스스로 칼을 입에 물었다고 했다.
 강은결.
 아이는 저 세상의 꿈을 이 세상으로 가져온다고 했다. 이 세상의 꿈을 거두어 저 세상으로 가져간다고 했다. 아이의 이름자 속에 아비를 등진 아이의 어려움이 얼굴이 보였다. 아이의 눈에서 물이 떨어져 내릴 때, 이성계의 마음엔 돌을 받는 아픔이 왔다.

꿈자리 끝에 아이는 눈물을 끊고 조용히 말했다.

> … 전라도 길을 따라 전주로 운신하소서. 때에 이르면 조선을 한곳에 모아 맛과 인심과 전통으로 길을 나누소서. 길의 분할이 곧 조선의 심줄이 될 것이옵니다.

잠결에 들려온 아이의 목소리는 생생했다. 밤사이 능선을 넘어가는 바람 소리가 들렸고, 뱃길을 낸 별무리가 새벽하늘을 건너갔다.

꿈속에 아이는 풍등風燈을 띄운 뒤 이성계를 향해 손을 모았다. 한 떼의 바람이 솟아오르면 별무리 가운데 죽은 정몽주의 얼굴이 보였다. 삶을 생각하면 덧없고 스산한 꿈이었으나, 죽음을 생각하면 애처롭기 그지없었다. 뻐꾸기 울음과 뒤섞인 아이의 울먹임은 쉽게 지워지지 않았다.

대숲을 뚫고 불어가는 바람 소리가 들렸다. 민가에서 개들이 짖어댔다. 놈들은 덩달아 짖거나 일제히 멈추었다. 살아 있는 것과 죽은 것이 흔하게 불어가는 새벽 무렵 내금위장의 목소리가 들렸다.

"전하, 기침하셨나이까?"

"일어났다."

"들어가도 되겠나이까?"

"들어오라."

방문을 열자 희뿌연 새벽안개 속에 내금위장이 보였다. 담양 수령이 내금위장 곁에 서 있었다. 간결한 밥상을 든 계집아이가 곁에 서 있었다. 아이의 얼굴 위로 꿈결에 흔들리던 강조의 여식이 겹쳐졌다. 두 아이는 이성계의 꿈결과 무관한 지점에서 서로를 바라봤다. 밥상을 든 아이는 이성계의 뱃속을 기다리는 것 같았고, 강조의 여식은 이성계의 운신을 기다리는 듯했다. 이성계가 몸을 일으켜 아침상을 받았다.

조식은 간이 아득하고 식감이 조용했다. 넘길 때 부담이 없었다. 한 번쯤 걸러도 무방한 끼니는 이성계의 마음을 헤아리는 듯했다. 아침상에 오른 김치죽은 짜지 않고 칼칼한 맛이 났다. 끝이 길지 않은 고소한 맛이 느껴졌다. 오래 묵은 김치를 물에 풀어 양념을 씻어내고 달군 무쇠 솥에 얹어 들기름으로 향을 입힌 모양이었다. 충분히 퍼진 밥알이 입안에 돌 때 부드럽고 개운한 맛이 났다.

밥상을 물리고 이성계가 말했다.

"음식마다 순한 인심과 정갈한 맛이 난다. 이곳 풍토를 닮은 음식이니 묵은 짠내보다 정갈한 풍미가 도는구나."

간밤의 꿈은 지워지고 없었다. 꿈보다 새벽나절 정성이 담긴 한 끼 밥상이 인상에 남을 뿐이었다. 담양 인심이 지닌 음식을 생각했고, 음식이 품은 격을 생각했다. 쉬이 잊힐 리 없는 맛이 머릿속에 새겨들었다.

방문을 열고 나자가 긴 대숲이 안개 속에 흔들렸다. 댓잎 위로 뻗은 새벽하늘은 그 오래전 비구니의 삭발머리 같았다. 멀찍이 하늘과 닿은 산들이 푸르스름한 능선을 감추고 잠들어 있었다.

*

고요한 새벽이었다. 길을 앞둔 내금위장과 무사들이 서둘러 조식을 마치고 이성계를 기다렸다. 밤을 지새운 말들이 제자리에서 조용히 발을 갰다. 능선을 넘어온 바람이 말발굽 아래 부서져 내렸다.

이성계가 길을 재촉했다. 동트는 새벽길에 이성계를 호위하는 내금위 무사들의 눈빛은 차갑고 냉랭했다. 보폭이 고른 말들의 숨결은 차분하게 들렸다. 새벽길 따라 말들이 히힝-,

울며 달렸다.

 거친 질주본능은 말 등까지 전해왔다. 아침나절 왕성한 욕정에서 시작된 말들의 질주는 단숨에 정읍을 가로질렀다. 황토로 물든 고갯마루를 넘을 때, 말 등짝에서 가쁜 박동이 전해왔다. 살고자 하는 본성은 질주보다 빠르고 민첩한 것이라고, 이성계는 달리는 말 위에서 황산에서 죽어간 불을 생각했다. 불은 가고 없었다.

 이성계의 새 말은 검은색이었다. 햇빛이 말발굽 아래 섞이어 들면, 이성계의 말 옆구리에서 검은 날개가 돋는 듯했다. 검은 갈기에서 비단 같은 빛이 돌았고, 목에서 등으로 이어지는 능선을 따라 금빛 노을이 보였다.

 말 등짝 위로 아지랑이 같은 수증기가 올라올 때, 멀리 김제 벌판이 내려 보였다. 그 너머 벽골제碧骨堤 물길이 바다처럼 비쳐들었다. 산과 들과 나무들 사이로 구불구불 이어지는 물길은 갈대로 빚은 피리를 불며 저수지 한곳으로 모여들었다.

 저수지 물길 너머 평야가 밀려왔다. 이성계가 숨을 들이킬 때, 내금위장이 말했다.

 "조선에서 오직 한 곳, 하늘과 땅이 맞닿은 지평선이옵니다. 선사先史 이래로 이곳에 물길을 막아 저수지를 낸 것은 대대로 곡창을 일구어 나라의 부흥과 성대를 열어가기 위한 선조들의 창의倡義에 있사옵니다."

 이성계가 매운 눈으로 내금위장을 바라봤다. 먼 과거를 뚫어보는 내금위장의 안목은 가파르고 메말라 보였다. 이성계의 눈으로 볼 수 없는 먼 곳까지 내금위장은 달려가는 듯했다. 그 눈은 단단하고 집요해 보였는데, 무예로 단련된 갑옷의 외관보다 조선의 인문人文을 품은 풍모에 믿음이 갔다.

 밑도 끝도 없는 내금위장의 말 속에 풍진 세상이 보였다. 어둡고 캄캄한 기슭에 잠겨 있는 먼 과거의 나라는 내금위장의 말 속에 묻히지 않고 이성계의 마음으로 건너왔다. 이성계가 순한 표정으로 말했다.

 "만경강 하늘에 물고기가 산다고 들었다. 그 말은······."
 "백제의 혼백이 서려있는 곳이옵니다. 백제 민초들의 불꽃 같은 죽음이 죽음으로 끝나지 않고 만경강 위로 물고기가 되어 떠다닌다 하옵니다."

 말 속에 들풀처럼 짓밟힌 백제 민초들이 보였다. 들불처럼 번져가던 백제의 눈부신 진흥과 쓰라린 멸망이 보였다.

 이성계는 백제와 가야의 동맹을 생각했다. 가야금을 메고 신라로 투항한 가야의 악사를 떠올렸다. 가야의 곡조를 실은 우륵은 신라 땅에 묻히면서 백제를 그리워했다고 전해왔다. 신라와 백제, 하나가 될 수 있는 나라의 무늬가 나라 안에 있지 않고 어찌 국경 너머 당나라에 있었는지 이성계는 알 수 없었다. 가야와 백제의 동맹이 과연 허세였고 헛것이었는지, 지금에 와서 돌이킬 수는 없었다.

*

 조선의 영토를 세운지 열일곱 번의 가을이 오고 있어도 가야와 백제의 과거는 묻히지 않고 떠돌았다. 고려는 가야와 백제뿐 아니라 신라와 고구려와 발해 땅까지 회복해야할 나라의 의무와 공적 울분을 가지고 있었다. 그 모두 하나로 통일된 고려의 영토에 있기 때문이라는 신료들의 상소가 아니어도 이성계는 판단할 수 있었다. 그날이 언제일지 알 수 없으나 조선의 영토 회복은 운명과 다르지 않았다.
 "이곳은 하늘이 내린 땅이다. 생명이 시작되는 곳이기도 하지만, 생명이 묻힐 곳이기도 하다. 축복의 땅은 언제 어느 때고 피비린내 나는 가혹한 운명과 함께하지 않더냐? 오래전 죽은 백제의 육신들이 만경강 하늘 위에 물고기가 되어 떠도는 것만 봐도 앞날의 행보는 축복과 전율에 있지 싶다."
 이성계는 김제 지평선을 놓고 다투게 될 미래를 내다봤다. 지리적 우세가 비옥한 곡창지대를 열어도 영토를 차지하려는 다툼은 끊이지 않을 것이고, 눈보라 같은 파란은 이어질 것이다. 번성과 몰락이 거듭할수록 역사의 중심에서 단 한번 자유롭지 못할 징게맹게 외얏밋 들녘의 운명을 내다봤다. 이성계의 눈매가 젖어들었고, 그 너머 울분이 보였다.

 먼 물길 가장자리 풀숲에서 부엉이 소리가 밀려왔다. 물길 너머 능선을 따라 긴 고요가 옷을 풀어헤치고 누워 있었다. 여인네 젖무덤 같은 부드러운 곡선이 능선 아래까지 내려와 새와 짐승들이 쉬었다. 언덕을 거슬러 오른 시린 바람이 이성계와 내금위 무사들의 길 위에 불어갔다.

만경 들판

 송진을 태운 열기로 풍등은 떠올랐다. 끈을 매달았는지 풍등은 지붕 위 일정한 허공에서 흔들렸다. 마을 좌측엔 용머리 모양의 바위가 보였다. 바위 아래 껍질을 벗은 고목은 희고 눈부셨다. 달빛이 닿을 때 나목裸木은 은빛 섬광을 세상 위로 내보냈다. 나뭇가지마다 오래전 죽은 자의 혼백들이 내려와 춤추듯 흔들렸다. 고목 위로 오래 묵은 만경의 감성이 출렁거렸다.

 이성계가 기침을 재우고 말했다.

 "낯설지 않은 바위다. 보이는 것만이 전부가 아닐 테지만, 언젠가 본 적이 있는 바위야."

 내금위장이 나직이 대답했다.

 "무엇을 생각해도 좋을 저녁이옵니다. 그저 바위일 뿐이옵니다. 바위 하나로 심기를 불안케 하지마시고, 속을 애태우지 마소서."

"안다. 넉넉하면 넉넉한 대로, 부족하면 부족한 대로 받아야 한다는 것을. 넘치면 오히려 독이 되는 것도……."

이성계의 표정은 차분했다. 바위 너머 먼 곳을 바라볼 때 오히려 편안해지는 것도 알았다. 내금위장이 덧붙여 말했다.

"모두 먹거리를 앞에 놓고 기다리고 있나이다."

이성계가 고개를 끄덕이며 일어섰다. 이성계의 보폭 위로 달빛이 떨어져 내렸다. 세상은 먹물로 그려진 것 같았다. 살아 있는 것들은 저마다 그림자를 내려뜨려 생존을 바라봤다. 모두는 쑥스러움을 버리고 조용한 얼굴로 달빛을 받았다. 이 밤에 감정을 지닌 것들이 낮은 소리를 냈고, 감정 없는 것들이 바람에 흔들렸다.

만경 사람들이 자리를 펴고 이성계를 기다렸다. 기름기 빠진 멧돼지가 마당 가운데 엎어져 있었다. 내장을 빼고 통째로 구운 모양이었다. 불향을 머금은 멧돼지 머리에서 연기가 모락모락 피어올랐다. 겨드랑에도 등짝에도 열기가 올라왔다. 모두 주린 배를 안고 이성계를 기다린 모양이었다.

"먹어야 살지 않겠느냐? 모두들 시장할 테니 편히 먹도록 하라."

이성계의 말에도 모두는 자리에 박힌 듯 움직이지 않았다. 먹을 것으로 놓고 임금 앞에 나서기 어려운 듯했다. 모두는 서로를 바라보며 어찌할 바를 몰랐다. 이성계가 머리를 뒤로 묶은 사내아이에게 물었다.

"아가, 네 이름이 무엇이냐?"

아이가 벌떡 일어나 대답했다. 열 살 남짓 먹었을까, 오목조목 귀염성 있는 얼굴이었으나 목소리는 영락없는 사내아이였다.

"동석, 마동석입니다."

"그래, 잘 생겼구나. 동석아, 저기 엎어져 있는 멧돼지 다리 하나 떼어올 수 있겠느냐?"

아이가 주위를 흘깃거릴 때 내금위장의 눈과 마주쳤다. 내금위장이 고개를 끄덕여주었다. 아이가 재빠르게 달려가 허리춤에 찬 짧은 칼로 멧돼지 허벅지를 잘랐다. 아이는 제 몸통만한 다리를 이성계 앞에 내밀었다. 허리가 휘어질 듯 이성계가 웃었다.

"녀석, 대범하고 기특하구나. 그 다리는 네 것이다. 마음대로 먹거라. 나머지는 누구에게 시키랴?"

그제야 마음을 졸이던 사람들이 하나둘 몸을 일으켰다. 사람들은 제각각 먹을 만큼 살점을 베어갔다. 모두 자리에 앉자 내금위장이 남은 고기를 잘라 무사들에게 나누어주었다. 크든 작든 나눔은 어여쁘고 보기 좋았다. 이성계가 고기 한 점 베어 물고는 만경 토호에게 고개를 끄덕였다. 토호가 일어나 깍듯이 허리 숙였다.

*

 유랑하지 않은 만경 사람은 선량해 보였다. 드넓은 들판을 터전으로 밤이면 달빛을 바라보는 삶은 부드럽고 순해 보였다. 천지가 맞닿은 자리에서 고루 나누어 먹는 만경의 삶은 조선이 품은 인정으로 왔다.
 그 삶에는 일탈이 보이지 않아서 마음 놓였다. 충정을 드러내지 않아도 편안했다. 조상의 조상들로부터 물려받은 별과 물과 바람과 햇살의 정량을 삶의 조건으로 내걸고 살아온 흔적은 뚜렷했다. 흐린 날에도 들로 나가 노동할 수 있으면 다행일 것이고, 그것으로 하루가 길지 않을 것 같았다.
 계절이 곡식을 무르익게 하는 동안 하늘에 그려놓은 자신만의 성좌를 바라보는 삶도 부러워 보였다. 생의 긴장과 전율을 안고 무난한 사계를 꿈꾸는 만경의 삶은, 이성계의 어린 시절과는 달랐어도 아늑해 보였다.

쌀겨를 쪄 발효시킨 곡주는 이성계의 입에 맞았다. 첫 맛은 쓰게 왔으나 목안으로 넘길 때 혀끝에 남는 맛은 달콤하고 순했다. 몇 차례 고기살점과 넘긴 곡주는 적당히 취하게 했고, 기분도 좋았다. 밤 자락이 아득히 뻗어갈 무렵 사람들이 하나둘 집으로 돌아갔다. 왁자하던 분위기가 사그라들자 만경 토호가 넌지시 말했다.

"연주와 노래가 아깝지 않은 밤인 듯하옵니다. 한 곡조 올리고자 하옵니다."

내금위장이 매운 눈으로 토호를 바라봤다. 토호의 몸이 움찔 오그라들었다. 이성계가 토호의 말을 받았다.

"연주와 노래, 개성을 떠나 들은 지 오래 됐구나. 내금위장, 괜찮겠는가?"

"만경 들판과 어울리는 곡조라면 무난할 것이옵니다. 토호가 청하니 거절하지 마시고 넉넉히 즐기소서."

"고맙구나. 그래, 어디 들어보자꾸나."

이성계의 말에 내금위장이 고개를 묻은 뒤 곧바로 칼집을 바닥에 내리쳤다. 무사들이 일사분란하게 움직였다. 다섯 명의 무사가 소리 없이 임금을 에워쌌다. 무사들이 칼과 활을 쥔 손에 힘을 주었다. 서른 명의 무사들이 마당을 에워쌌다.

어디서든 주연은 긴장할 수밖에 없었다. 언제든 연회 때마다 이성계의 안위를 근심하는 내금위장의 본분은 차갑고 냉정했다. 연주와 가락이 버무려진 주연과 연회마다 이성계의 목숨을 노리는 자들의 치정은 끊임없이 이어져 왔으므로, 임금을 지키는 내금위장의 마음은 한결 같았다. 수십 차례 내금위장은 악가무와 술이 오가는 자리에서 임금을 지켜야 했다. 그때마다 국경을 넘어온 첩자와 반역을 꿈꾸는 역도들을 베어야 했다. 반역은 반역으로 다스릴 수밖에 없는 처지를 이성계는 비관하지 않았으나 긍정하지도 않았다. 이 밤에도 임금의 안위는 첫째였다.

 단아한 차림의 여인이 가야금을 들고 임금과 멀지 않은 자리에 앉았다. 여인이 가야금을 그었다. 헛헛한 선율이 만경 들녘을 가르며 기운 데 없는 밀려갔다. 열 손가락으로 짚어내는 선율 속에 생의 질곡과 어려움이 보였다. 오래전 가야를 떠난 늙은 악사의 손길이 보였고, 그 너머 멸망한 가야의 기근과 병든 권력의 탑도 보였다. 오래전 전주 오목대에서 시간을 건너온 아이의 선율도 떨어져 내렸다. 척박한 손마디로 건너가는 선율마다 산 자의 기다림과 죽은 자의 사연이 실려 왔다. 높고 낮은 선율이 세상 앞에 번져 가면 둥근 물결무늬가 높거나 낮은 데를 헤엄쳐갔다.

희비애락 喜悲哀樂

 여인의 표정은 낮고 외로워 보였다. 살아온 내력이 말해줄 것이지만, 손마디는 긴 사연을 품은 듯했다. 양다리를 가로지른 장방의 악기에서 물과 바람과 천둥과 벼락이 들려왔다.
 선율에 박힌 무늬가 별과 별 사이를 오갈 때, 소리는 광활한 대기 안에 파문을 일으키며 오래전 끊긴 인적을 끌고 왔다. 소리는 아득해졌다가 가까운 자리로 밀려와서는 일찍 잠든 자를 깨우고는 더 아득한 곳으로 데려갔다.
 죽은 자가 남긴 생애에 가서 닿으면 장방의 선율은 신비로운 이야기로 돌았다. 들판을 돌아 밤하늘 모서리에 떠있는 북두의 성좌에 닿을 때, 선율은 먼 우주 가운데 한줄기 혜성이 되어 떠갔다.
 내금위장이 조용한 눈으로 이성계를 바라봤다. 가야금 선율을 따라 잔잔한 물길이 보였다. 물길 위로 달빛을 받은 돛폭이 바람이 흔들렸다. 흔들리는 조각배 위에서 이성계가 말했다.

"도도한 선율이다. 즉흥의 연주가 이토록 경이로운 건 처음이다. 처음이란 멀고 아득해도 무모하지 않은 것이다. 이 선율로 하여 만경의 인정과 자연이 내게 온다."

토호가 일어나 조용한 목소리로 대답했다.

"만경의 가없는 날들이 가야금 소리에 맺혀 있나이다."

오랜 시간 간단하지 않은 삶을 이끌고 온 자들의 애환이 토호의 말 속에 들렸다. 더 말하지 않아도 유랑을 끊고 어려운 삶을 견뎌온 자들의 질곡이 가야금 선율에 있다는 토호의 새김은 깊게 들렸다. 운명을 걸지 않아도 늘 기근과 흉작과 질병과 수해를 근심하고 멸시받으며 수장되는 존재일 수밖에 없다는 토호의 말 속에 깊이를 잴 수 없는 외로운 근성이 느껴졌다.

이성계가 토호의 말을 곱씹으며 말했다.

"문명이란 그런 것이다. 희비애락이 고루 갖춰질 때 더 오묘해지고 풍성해 지는 것 아니더냐? 그래서 삶은 정직한 것이고, 죽음은 가혹할 수밖에 없질 않으냐?"

"하오나, 우리는 가진 것 없이 곡물에서 자식까지 모두 빼앗기고 내놓을 수밖에 없나이다."

가질 수 없는 자의 울분은 어디를 가든 같은 목소리, 같은 질량의 감정으로 왔다. 나라의 질서를 생각하면 모든 백성에게 가질 수 있도록 하는 게 민본이었으나 가진 자의 질서로는 그럴 수 없었다. 모두가 떳떳이 말할 수 있는 세상을 살아가게 하는 것은 임금의 도리였으나 권력을 쥔 자들의 생각은 너무도 달랐다. 모든 백성이 이르고자 하는 삶은 중하고 고귀했으나 말할 수 있는 권리를 백성에게 주기까지 많은 시간이 필요했다.

 이성계는 정직과 진실과 질서를 민본으로 들먹여도, 스스로를 높이고자 하는 것은 불충의 첫째로 보았다. 침묵하면서 삶을 견디라고 강요하는 것이 민본이 될 수 없음에도 백성 모두에게 침묵을 강요할 수밖에 없는 현실이 안타까웠다. 나라와 임금을 위해 충을 강요하는 것 자체가 모순이라는 것도 알았다. 하루도 빠짐없이 백성을 기만하는 권력의 실상을 언제까지 놓아주어야할지 이성계는 알 수 없었다.

 토호의 말이 옳아도 당장 가진 자의 것을 풀어 가지지 못한 자에게 채우는 것도 가능하지 않았다. 토호의 말이 무엇을 의미하든 가질 수 있는 세상이 온들 세상이 공평해질 것 같지는 않아 보였다. 가진 자는 더 가지려 들 것이고, 가지지 못한 자는 가질 수 없는 세상의 이치를 임금의 말로 다스릴 수 있을지 의문이었다. 무엇을 말하든 세상의 모순을 사라지게 하는 건 불가능해 보였다.

 모두가 동등하게 살거나 모두가 평등하게 말할 수 있는 세상이 옳은지 그마저 알 수 없었다. 동등하게 살 수 있는 자, 평등하게 말할 수 있는 자, 누가 될지 그 또한 알 수 없었다. 백성의 말을 뚫어 저마다 감정과 실정으로 밀려올 민음民音을 다독이는 일도 자신 없었다. 아직은 때가 아니며, 때가 온들 그렇게 될지 그 또한 보이지 않았다.

 이성계의 미간에 힘이 들어갔다. 가질 수 없는 자의 역경과 고초와 인내와 고락이 토호의 눈에 비쳐들었다. 이성계가 토호의 눈을 바라보며 다독였다.

 "새겨들으마. 기다려라."

 토호가 넙죽 엎드렸다. 토호의 등짝에서 풀뿌리 같은 근성이 전해왔다. 외롭고 가혹해도 토호가 평생 지니고 살아야할 삶의 방식은 굽은 등짝에 실려 있었다. 가질 수 없는 조건과 말할 수 없는 삶의 방식은 오래전 등이 굽은 시간을 지나온 것만은 분명해 보였다. 그 모두를 깨뜨려 모두에게 돌려주어야 하는데, 아직은 때가 아닌 것 같았다.

 이 밤에 민본을 돌아보는 것은 만경의 빛나는 근성이 말해주지 싶었다. 별빛이 조붓한 밤에 토호의 말은 생각하지 못한 파문으로 왔다.

희비애락 **193**

정읍사 井邑詞

 멀지 않은 곳에서 낮에 밭을 갈고 돌아온 소들이 지친 울음을 흘렸다. 어린 송아지들은 잠들었는지 소리가 없었다. 밤을 인내하는 짐승도 우는 소리로 저들만의 언어를 갈구하면서 사람과 다르지 않은 것 같았다. 토호의 머리 위로 긴 꼬리를 단 혜성이 지나갔다.
 가야금 연주가 끝나자 여인의 입에서 노래가 나왔다. 맑고 차가운 목소리였다. 가볍지 않은 노래가 이성계의 이마를 스쳐 지나갔다. 노래는 이성계의 어깨와 가슴 근육에서 오래 돌았다. 배꼽을 지나 샅으로 내려갈 때 이성계가 낮게 기침했다. 백제의 노래는 머리에서 발끝까지 조용히 사무쳤다.

    둘하 노피곰 도드샤

어긔야 머리곰 비취오시라

어긔야 어강됴리

아으 다롱디리

져재 녀러신고요

어긔야 즌 듸를 드듸욜셰라

어긔야 어강됴리

어느이다 노코시라

어긔야 내 가논 듸 졈그룰셰라

어긔야 어강됴리

아으 다롱디리

 여인의 〈정읍사井邑詞〉는 가뭇없고 허허롭게 들렸다. 밤기운이 풀어진 허공에 간간히 가야금을 튕겨 노래의 역동과 긴장을 가느다란 선율에 얹어 갔다. 노래는 까만 대기에 대현과 소현의 소릿결을 싣고 먼 곳까지 나아갔다. 선율은 먼 곳의 정한을 불러와서는 오래도록 이성계의 심중을 두드리며 지나갔다. 백제의 가요는 남편을 기다리는 망부의 염원을 품고 오래도록 억눌려온 인고를 끊어내는 듯했다. 노래는 과거 저편에서 불려나와 먼 미래로 건너가고 있었다.

 노래를 마친 여인의 눈빛은 처연했다. 젖은 눈길이 이성계의 마음속에 쿵-, 소리를 내며 밀려왔다. 심장이 두근거릴 만큼 매끄러운 얼굴은 빠져들기에 충분했다. 여인이 고개를 숙일 때 이성계의 심장은 다시 두근거렸다.

이성계가 토호를 바라보며 말했다.

"만경 길목에서 들려온 〈가시리〉가 애처로웠다. 방금 노래한 여인이 그 자인가?"

토호가 가라앉은 목소리로 말했다.

"그 아낙이옵니다. 이태 전 아이와 생이별을 했나이다."

이성계의 표정에 놀라움이 들어찼다.

"자식이 죽었단 말인가?"

"용머리 바위의 신령으로 아이를 치유하려 했으나 뜻대로 되지 않았나이다."

토호의 말 속에 답답함이 밀려왔고, 답답함 너머 앓는 아이의 몸이 느껴졌다. 용머리 바위 아래 흰 나목에 이르러 신기로 차오른 치유의 의미가 속앓이로 건너왔.

의술이 분명한 시대에 자연에 몸을 맡기는 일은 원시의 삶과 다르지 않았다. 의술을 자연에 의지하는 전통은 소박하다 못해 미련해 보였다. 의술을 멀리하고 자연에 기댄 삶의 방식은 지금까지 쌓아온 문명에서 멀어지는 것이라고, 이성계는 생각했다.

"치유를 의술에 맡기지 않고 자연에 기댄단 말인가?"

이성계가 묻고, 내금위장이 대답했다.

"아이의 몸에 쇠의 정령이 들었다 하옵니다. 치유의 시기를 놓치기 어려웠다 하옵니다."

감정을 숨긴 내금위장의 목소리는 분명했다.

쇠?

이성계는 묻지 않았다. 표정은 놀람과 떨림이 뚜렷했다. 토호가 내금위장의 말을 거들었다.

"그러하옵니다. 세상에 쇠라는 쇠가 죄다 아이를 좋아하는 듯했사옵니다."

이성계는 입을 다물지 못했다. 이성계의 머리 위로 달이 지나갔고, 별무리가 달을 에워싸며 돌았다. 이성계의 입에서 낮은 탄식이 나왔다.

"놀랍구나. 어떻게 쇠의 정령이 사람 몸에 깃들 수 있단 말이냐? 그것도 아이에게……."

이성계가 여인을 바라봤다. 가깝지 않아도 여인의 눈빛이 보였다. 달빛을 받은 머릿결을 따라 순한 빛이 떠갔다. 피부가 맑고 윤곽이 부드러운 얼굴이 이성계를 바라봤다. 웃음기 없는 표정은 정갈해 보였으나 어딘지 모르게 마음을 끄는 구석이 느껴졌다. 사연이 많아 보였다.

토호가 덧붙여 말할 때, 오래전 겪은 풍상이 이성계의 마음으로 넘어왔다.

"쇠로 된 것은 크든 작든, 무겁든 가볍든 죄다 아이를 따르는 것 같았나이다. 날마다 쇠의 정령을 이끌고 하늘 맞닿은 만경 들판을 굽어보곤 했나이다. 강줄기를 바라볼 때면 아이의 등 뒤에 쇳조각이 더미를 이루었는데, 마음에 따라 쇳조각이 모여 집을 짓기도 하고, 나무로 자라기도 했나이다. 더러 저들끼리 쇳소리를 내며 오래도록 강 언저리에서 다투곤 했는데, 거칠고 사나운 짐승도 그런 짐승이 없었나이다."

토호의 말 속에 든 쇠의 계량을 이성계는 이해할 수 없었다. 상상만으로 다가갈 수 없는 토호의 말은 깊고 날카로웠다. 신령으로 닿을 수 없는 곳에 아이는 놓여 있었다. 신성을 들먹여도 이해할 수 없는 굽은 언덕에 아이는 서 있었다.

이성계가 한숨을 내쉬며 조용한 눈으로 말했다.

"백 년에 하나 꼴로 세상에 없던 새로운 아이가 태어난다고 들었다. 태조 선왕 시절에 불을 다루는 아이가 있었다고 했다. 화기로 세상을 누르는 아이, 고려의 태조는 단 한번 그 아이를 봤다고 했다."

이성계는 성균관 장고藏庫에 보관된 왕가의 비기秘記를 들추면서 알았다. 후삼국 쟁탈이 절정에 오를 무렵 공세에 밀리던 고려 태조는 궁예弓裔를 불을 다스리는 아이로 적멸시켰고, 견훤甄萱에게 둘러싸인 위기를 그 아이로 하여 맞섰다고, 왕가의 비기는 정밀한 그림과 짧은 문장으로 전했다.

 오백년 저편의 기록을 바라보며 이성계는 난세의 어려움을 불의 아이를 내세워 허황된 광증으로 채운 것이라고 판단했다. 판단이 정확한지 알 수 없었다. 고려 태조는 여러 장의 그림으로 불을 다스리는 아이를 비기에 실었다. 손바닥 위에 불을 올려놓은 아이의 초상은 놀라웠다. 아이의 머리 위에서 불길은 회오리로 돌았다. 먼 곳의 적진을 삽시에 태우는 그림도 보였다. 호랑이로 그려진 불길이 거기 있었다. 용의 형상으로 날아다니는 불길도 비기에 그려져 있었다. 이성계는 눈을 의심하지 않을 수 없었다. 단지 그림일 뿐이었어도 이성계는 불을 다스리는 존재를 쉽게 저버리지 못했다. 사실 그대로를 비기에 실었는지 알 수 없으나 사관을 시켜 사초로 남긴 것만은 분명해 보였다. 고려 태조의 승하 뒤 불을 다스리는 아이는 자연의 일부로 둔갑해 『고려사高麗史』에 실려 있었다.

 … 과인은 삼한 산천의 음우陰佑에 힘입어 대업을 이룩하였다.

어록은 불의 아이를 문장으로 엄호했다. 『고려사』 권2 태조

26년 하4월에 보이지 않는 '그늘진 곳의 도움[陰佑]'으로 비화함으로써 아이의 존재는 산천에 스며들거나 세상 안에 숨어들었다.

고려 태조는 역설의 힘을 알았다. 기록으로 남기되 숨겨야 하는 운명도 알았다. 즉위 스무 여섯 해 되던 해 고려 태조는 지맥과 산천을 들먹이며 화기를 다루는 아이를 『고려사』 문장 아래 깊이 감추었다.

*

생각은 오백년 너머로 밀려갔으나 돌아올 땐 긴 사연을 싣고 왔다. 생각 속에 생각이 뻗어갈 때, 들판 너머 멀리에서 긴 부엉이 울음이 들렸다. 이성계의 이마에 식은땀이 맺혀들었고, 전에 없던 핏기가 눈동자를 감쌌다. 어깻죽지가 떨려왔다. 심장 박동 소리가 심줄을 타고 이마까지 올라왔다.

떨리는 목소리로 이성계가 물었다.

"그래, 그 아이 지금 어디 있느냐?"

"……"

토호는 주저했다. 망설이는 토호의 마음은 읽히지 않았다. 토호가 표정 없는 얼굴로 이성계와 내금위장을 번갈아 바라봤다. 내금위장이 재촉했다.

"어디 있느냐고 물으시지 않은가?"

토호가 움찔거리며 겨우 뱉었다.

"그게, 사실은… 그 아이가… 어디에 있는지… 저도… 아이 어미도… 모르옵니다."

거짓말을 하는 것 같지는 않았다. 토호의 말에 이성계가 한숨 쉬었다. 이성계의 표정은 절박하고 난해해 보였다. 내금위장의 머리에는 떠오르는 것이 없었다. 들판 너머로 물 흐르는 소리가 무겁게 들려올 때, 여인이 젖은 목소리로 말했다.

"그날 밤 검은 옷으로 달빛을 가린 자들이 데리고 갔습니다."

노래 부르던 때와 다른 질감의 소리가 여인의 목에서 들려왔다. 이성계는 검은 옷을 생각했고, 왕가의 비기에 적힌 바람의 사제들을 떠올렸다. 칼과 활과 말과 일체가 된 자들은 오백년 저편 불의 아이를 데리고 달빛 아래 태고의 기슭으로 총총히 걸어갔다. 발자국을 남기지 않은 사제들은 과거 고려 태조의 몽상을 여인의 목소리로 듣는 듯했다.

이성계가 여인에게 물었다.

"검은 옷이 어떠하였느냐?"

"달을 덮을 만큼 넓은 자락이 눈앞에 휘날렸습니다. 등에 칼을 차고 말에 긴 활을 실은 자들이었습니다."

"모두 몇 명이었느냐?"

"열두 필의 말이 조용히 발을 쟀습니다. 말에 오를 때 열두 칼자루에 맺힌 달빛이 푸른 섬광으로 빛났습니다."

아-, 이성계가 낮게 신음했다. 열두 칼자루에 맺혀든 달빛이 눈앞에 어른거렸다. 주인을 향해 애태우던 말들의 발굽 소리가 귓가에 맴돌았다. 발목마다 오소리 털로 장식했을 말들의 본능을 생각할 때, 여인의 머리칼에서 잔 빛이 솟았다.

이성계가 출렁이는 마음을 가라앉히고 나직이 물었다.

"어디에서 왔다더냐?"

여인이 머뭇거리자 토호가 달뜬 표정으로 대답했다.

"누구도 말해주지 않았고, 물을 수 없었사옵니다."

이성계가 고개를 끄덕였다. 내금위장이 말없이 지켜봤다. 이성계가 덧붙여 물었다.

"어디로 간다는 말도 하지 않았겠지?"

"표정 없는 자들이 물어도 말해줄 것 같지 않았사옵니다. 하오나······."

토호가 말끝에 우두머리로 보이는 자가 남긴 말이 있다고 했다. 무겁게 들려오던 그 말을 토호도 어미도 잊을 수 없다고 했다.

… 남과 다르면 죄악이 되는 세상이다. 세상천지 어디를 가든 아이를 살려주지 않을 것이다. 우리는 평등한 세상을 원한다. 달빛 아래 이 아이는 우리가 거둘 것이다. 열두 사제들과 함께 불멸의 생을 기다리며 세상에서 멀어져 찾을 수 없는 곳으로 숨어들 것이다. 찾으려 하지마라. 어느 시대, 어느 곳이든 바람의 사제들은 떠돌 것이다.

 말이 끝나기 무섭게 아이의 등 뒤로 수 천 개의 쇳조각이 날아들었다고 했다. 아이의 머리 위로 쇳조각이 몰려들었고, 무수한 쇠들이 어미를 둘러싸고 오래 돌았다. 아이가 말없이 말에 올랐다. 어미와 함께 살 수 없다는 것을 아이는 알았다. 정직한 눈매로 아이는 사제들의 세상을 원했다. 쇠를 불러 집과 배와 나무와 산을 쌓고 지은들 누구도 자신을 정상으로 보아주지 않을 것을 아이는 내다봤다.
 말에 오르기 전 어미의 품에 들어 소리 없이 울었는데, 쇳조각이 둘 사이 길을 터주었다. 말에 오른 아이가 보이지 않을 때까지 쇳조각이 어미의 주변을 에워싸며 돌았다. 들판 끝자락 너머 아이가 사라지자 쇳조각이 바닥에 떨어져 내렸다. 아이가 떠난 뒤 천 조각 하나가 날아들었는데, 붉은 천에 '大同' 글자가 검은 먹으로 새겨져 있었다.

쇠를 다스리는 아이는 이제 막 아홉 살을 넘긴 계집아이였다. 아이를 보낸 뒤 여인은 지평선을 바라보며 날마다 〈가시리〉를 부른 것 같았다. 노래를 부르면 아이가 돌아올 것이라고 누구도 말해주지 않았음에도 어미는 노래를 부르며 아이를 기다린 모양이었다. 눈두덩이 부은 걸 보니 어지간히 운 것 같았다.

시간과 바람을 뚫고 왔을 바람의 사제들은 이성계의 귀에 급작스럽지 않았다. 검은 옷자락에 얹은 긴 칼과 말 등에 실은 활은 생각할 수 없는 무게로 왔다. 언제 적 감정과 어떤 적의를 감추고 있을지 알 수 없으나, 이성계는 먼 길을 달려왔을 열두 그림자 앞에 한없이 작아지는 자신을 보았다.

좌측 용머리 바위 위에 자란 설하목雪下木 줄기에서 푸르스름한 빛이 돌았다. 나무는 오래 전부터 아이를 기다려온 것 같았다. 달빛으로 당도할 수 없는 먼 곳으로 아이를 보낸 뒤 온전한 설하목으로 돌아간 것 같았다.

멀지 않은 민가에서 개들이 짖어댔다. 가늘고 긴 꼬리를 단 섬광이 서편 먼 곳으로 기울어갔다.

온드라에 올라

 노래가 끝나자 내금위장이 이성계를 부축해 숙소로 돌아갔다. 이성계는 눕자마자 잠이 들었다. 달이 기우는 서편 능선을 바라보며 내금위장이 조용히 숨을 내쉬었다.
 밤사이 먼 능선 위로 별이 쏟아져 내렸다. 별은 생장과 소멸의 시간을 하늘에 남기느라 쉬지 않고 반짝였다. 별은 하늘에 떠있는 순간 복을 빌고 운을 걸며 행을 나누는 무수한 염원을 안고 빛났다. 별은 저녁나절 잔잔한 빛을 내렸다가 새벽 무렵 꺼져가는 미생의 존재로 올 때 아름다웠다. 산맥을 따라 태동과 마멸의 시간을 내려 보내면, 그 별 또한 아름다웠다.
 지나간 날은 가물거렸다. 앞날은 소리 없이 막막했다. 기약했던 날은 희미한 밤 자락 저편에 잠들어 있었다. 몸은 잠들 수 없는 사연을 딛고 그리운 사람을 불러왔다. 내금위장은 천

근의 무게로 눌러오는 눈꺼풀을 치켜뜨면서 미완일 수밖에 없는 사람들의 생애를 생각했다. 다시 눈을 깜빡거릴 때 매화는 눈앞에 밀려왔다. 뉠 수 없는 몸은 수라간 기미 나인이 날라준 짙푸른 꿈을 딛고 새벽을 맞았다.

동트는 새벽별을 바라보며 내금위장은 다시 매화를 생각했다. 임금이 비어 있는 시각에 아이는 수라간에서 무엇을 하고 있을지 알 수 없었다. 저 자신을 위해 단 한번 밥을 짓고 찬을 만들며 탕을 끓이지 않았을 매화를 생각하면 마음이 좋지 않았다. 불 꺼진 아궁이를 바라보며 하루하루 무사와 안위를 비는 아이의 마음은 불꽃같을지 몰랐다.

덧없는 것들이 삶을 누르는 무게이며 허기라고, 내금위장은 생각했다. 무거운 삶을 벗어던지면 가벼운 죽음이 올지, 알 수 없는 길을 앞에 놓고 가벼워질 리 없는 삶을 생각했다.

여명이 비쳐들 무렵 이성계를 깨웠다.

"전하, 해가 새벽길을 비추고 있나이다. 기침하소서."

간밤에 이성계는 불러올 수 없는 나라에서 오래도록 비를 맞으며 조용히 잠을 청했다. 토끼가 살고 있을 계수나무 아래 뒤척임 없이 이성계는 단잠에 빠져들었다. 이성계가 뒤척였다. 눈을 뜨고 몸을 일으키고는 주위를 두리번거렸다. 머리맡에 놓인 물그릇을 집어 들고 목을 축일 때, 소쩍새 울음이 들렸다. 내금위장이 이성계의 갑옷을 들고 말했다.
"아침상을 대령하겠나이다."
"아니다. 밝기 전에 나설 것이다. 말을 가져오라."
제.

내금위장이 짧게 대답했다. 이성계의 갑옷을 바닥에 내려놓고 내금위장은 돌아섰다. 이성계의 표정은 가볍고 조용했다. 갑옷을 차려입고 마당에 내려서자 이성계의 말이 히힝-, 앞발을 치켜들었다. 말갈기 위로 잔바람이 불어갔다. 이성계의가 갑옷이 흔들렸고, 어깻죽지를 따라 금빛이 솟았다.

이성계가 말 등을 쓰다듬고는 곧장 말에 올랐다. 이제라도 전주에 들러 관찰사를 만나고자 했다. 전라도의 중심에서 이성계는 무엇을 볼지 알 수 없으나 길은 숙명으로 보였다. 이성계의 눈빛이 뚜렷했고, 검은 말갈기에서 부드러운 윤기가 솟았다.

말 위의 이성계는 아무 표정이 없었다. 말하지 않아도 마음을 읽어주는 내금위장의 총기가 좋았다. 길 위에 흩어진 날들이 덧없지 않은 것은 올 것과 갈 것이 충돌하지 않고 비켜가기 때문이었다.

이성계는 질주본능으로 세상을 돌아보지 않았으나 궁성 곳곳에 이어지는 문무의 다툼이 강 건너 불처럼 뻔할 것을 알았다. 어디를 향하든 조선 땅에 당도할 것인데, 쉬운 날과 어려운 날들이 물살처럼 휩쓸려 갈 것도 내다봤다. 때가 되면 알게 될 일을 미리 내다보는 것은 쑥스럽고 황망했다. 앞날은 이성계의 예지로 다 살필 수 없었다.

내금위장은 묻지 않고 달렸다. 예나 지금이나 내금위장은 이성계 곁에서 과묵하고 용맹했다. 말을 아끼는 내금위장을 이성계는 오래 데려가고 싶어 했다.

말 등에서 박동이 전해왔다. 말들의 질주본능은 무안 지나 나주를 거쳐 빛고을에 당도할 때와 같았다. 담양에서 끼니를 먹이고 쉬게 한 다음 달렸을 때도 마찬가지였다. 만경 들판을 가로지를 때 간밤 여인이 부른 〈정읍사〉가 머릿속에 돌았다. 이성계의 말이 이성계의 마음을 아는 듯이 뛰었다. 말발굽 아래 뿌연 흙먼지가 일었다.

엄뫼를 벗어나 이성계의 말은 오래 달렸다. 전주로 열린 길은 굵고 탄탄했다. 길 따라 흐르는 개천 위로 물고기가 뛰어올랐고, 물소리가 맑게 들렸다. 물길 가장자리에 자란 수양버들이 긴 머리를 헹구며 바람이 지나기를 기다렸다. 고을 안쪽으로 물길이 이어져 가면 물길마다 새로운 시공이 밀려왔다.

*

이성계가 오를 세상은 늘 위태로웠으나 세상을 가늠하고 조율하는 데 서두름이 없었다. 앞을 바라보면 세상은 늘 그만한 거리에서 아침을 맞았다. 늘 서 있는 자리에 저녁이 내렸다. 조용한 세상에 살고자 했으나 세상은 이성계와 별개인지라 적막하거나 시끄러워도 한결 같았다.

 무뚝뚝한 감성으로 열어가는 이성계의 외딴 세상도 결국은 조선이었다. 모두는 각자의 감성과 문장과 판단으로 지은 세상에서 살고 싶어 했는데, 그 세상은 모두의 머리에 맴돌 뿐이었다. 세상은 말발굽 아래 뿌옇게 피어오르는 흙먼지 같아도 아침나절 깨끗한 바람이 불고 저녁 때 편안히 잠들기를 소망했다.

 정오 무렵 전주성에 당도했다. 관찰사가 궁 밖에 나와 임금을 맞았다. 관찰사는 장대하고 인상이 푸근했다. 북소리에 맞춰 푸른 관복의 취타대가 궁문을 나왔다. 붉은 관복에 등채를 든 집사가 굵은 목소리로 호령했다.

"명금일하鳴金一下 대취타大吹打 하랍신다."

 징소리가 울리자 나발과 나각, 태평소와 용고龍鼓, 장구, 징, 자바라가 울렸다. 〈무령별곡武寧別曲〉이었다. 태평소를 제외하면 가락대신 단음의 악기로 조직된 취타대 연주는 기발하면서도 장쾌했다. 이성계의 행차에 맞춰 높아지다가 꺾이고, 낮

아지다가 치솟는 소릿결이 들려왔다.

 한낮에 달이 떠서 이성계를 내려 봤다. 화강암 성곽을 따라 잔 빛이 떠갔다. 전주성 장교가 망루에 올라 긴 나팔을 불렀다. 나팔소리가 〈무령별곡〉과 섞이면서 무안 앞바다에 떠있던 먼 섬들이 깃발을 세우고 밀려오는 듯했다.

 전주성은 아담하면서도 조용했다. 튼튼한 화강암으로 장벽을 올린 성곽에는 일찌감치 몰려온 겨울의 정령들이 흰 서릿발을 내린 채 이성계를 기다렸다.

 관찰사를 따라 궁 안으로 들어설 때 다시 취타대 연주가 들렸다. 악상樂想에서 조선악의 음계와 절도가 들렸다. 음계가 고구려에서 전해왔는지 백제에서 전해왔는지 알 수 없으나 소릿결마다 천리를 달려온 말발굽 소리가 들려왔다.

 이성계의 목에서 풍성한 감성이 보였다.

 "취타대 연주 하나로 전주의 결이 보이는구나. 예악이 풍부한 고을이라고 들었다. 악상마다 힘이 배어 있어. 소릿결마다 고른 인심이 떠가고 조선을 지탱하는 무늬가 실려 있어."

 소리의 층간마다 삶의 연향이 스며있고, 예악의 전통이 한결 무르익은 곳이라고, 이성계는 말하는 듯했다. 뒤 따라 온 내금위장이 대답했다.

 "충은 강요하지 않아도 드러나는 법이옵니다. 전주는 오래

전부터 먹과 벼루와 붓의 전통을 아끼고, 그림과 음악에도 조예가 깊은 자들이 많은 고을이옵니다. 전주 사람들은······."
 내금위장이 말을 늘이려다 줄였다. 더 말하지 않아도 알아차렸을 것이고, 직접 알아가는 것도 임금의 도리이지 싶었다.
 "평범한 지세가 아니다. 큰 인물이 나고 자라며 일어설 고을이다. 대기에 청아한 마음이 떠가니 땅 위에 정결한 꽃이 피어날 곳이다."
 "무사들의 생각도 다르지 않은 듯하옵니다."
 세상 이치는 꾸미지 않은 본심에서 우러나오는 것이라고, 내금위장은 말하지 않았으나 이성계는 아는 것 같았다. 몰라도 상관없었다. 삶이란 저마다 나고 자란 곳에서 영글어 가는 것이므로, 그 세상의 주인은 결국 백성이지 싶었다. 이성계가 덧붙였다.
 "전주는 한 점 바람에도 생에 빛나는 조각들이 서로 머리를 맞대고 있으니, 서로 몸을 부비며 오래도록 이어갈 곳이다."
 물길의 세기와 땅의 영롱함이 이성계의 말 속에 밀려왔다. 나눌수록 더 오묘해지고 깊어지는 감성은 이성계만이 알 것이다. 내금위장은 이성계의 속을 들여다볼 수 없는 사실에 안도했다. 내금위장이 짧게 대답했다.
 "그 또한 전하의 조선이옵니다."

관찰사가 이성계의 보폭을 따라잡으며 말을 보탰다.

"모두가 다 그러하지 않으나 여러 방면에 뛰어난 사람들이 많은 것은 사실이옵니다. 오래전부터 전주는 예와 전통이 분리되지 않고 하나의 풍토로 이어져온 곳이옵니다."

이성계가 고개를 끄덕였다. 관찰사의 입에서 가볍지 않은 전주의 내력이 밀려왔다. 언제까지 이어질지 모를 전주의 운명도 예감됐다. 오래도록 변치 않는 것은 무가치할 수 있으나 전주만큼은 은근과 끈기의 인문으로 날마다 한 뼘씩 자라고 성장하길 바랐다. 그 이상 바람은 무리이며 사치일 것인데, 이성계의 바람이 전주의 대기와 섞여서 한줄기 훈풍이 되어주면 다행이었다.

별실로 들어설 때까지 악조는 팽팽한 긴장으로 이어졌다. 임금을 맞는 의전은 요란하지 않으면서 차분했다. 지나친 의전은 늘 부담이었으나, 생애 처음이자 마지막이 될지 모를 전주성 행차는 의전보다 물과 하늘과 바람이 빚어내는 무늬만으로 푸근함이 느껴졌다.

전주 비빔밥

 관찰사가 안내한 별실은 따뜻하고 깨끗했다. 전주성 중책들이 모여 회의를 하거나 회식을 해도 좋을 듯했다. 안락한 의자는 피곤한 몸을 의지하기에 안성맞춤이었다. 등을 기대도 삐꺽거리는 소리가 나지 않았고, 탁자는 넓고 매끄러웠다.
 탁자 위에 비빔밥과 콩나물국과 반찬이 차려 있었다. 잘 빚은 방자그릇에 담긴 비빔밥은 색상부터 입맛을 자극했다. 콩나물과 황포묵과 육회가 흰 밥 위에 가지런히 놓여 있었다. 시금치와 고사리, 송이와 표고버섯, 숙주와 무생채, 볶은 호박이 밥을 덮고 기다렸다.
 오래 묵은 고추장과 갓 볶아서 내린 참기름을 얹어 한 끼 밥으로는 최상의 조화가 보였다. 젓가락으로 저어가며 밥을 비빌 때 각양의 향이 콧속으로 밀려왔다. 한 그릇의 비빔밥 속에 모두가 바라는 조선의 성대가 맡아졌다. 허기와 시름을 달래줄 중한 감칠맛이 밥그릇 너머에서 밀려왔다.

맛은 눈에서 시작되어 혀로 끝나는 것이 아니라 머리에서 발끝까지 고루 스며드는 식감이 으뜸이었다. 비빔밥이 입속으로 들어갈 때 이성계는 전주가 품은 맛의 비경을 걸어가는 듯했다. 맛이 품은 조화는 으뜸이었다. 얇고 가늘게 쓴 육회와 버섯과 채소가 뒤엉킨 밥을 입속 혀로 받아 어금니로 누르는 순간 중한 맛의 진경이 밀려왔다. 목으로 넘긴 후에도 맛은 끝나지 않고 긴 여운을 끌며 몸 가장자리까지 밀려갔다.

맛의 균형은 음식을 만드는 자의 손에서 시작될지 몰라도 맛의 비경은 음식을 머금은 자의 몸에 감기는 순간 오지 싶었다. 짜고 맵거나 시리지 않은 중용의 맛은 목안으로 넘길 때 절정에 올랐다. 맛의 신비는 미각을 떠나 오감으로 번져갈 때 가장 뚜렷했다.

맛에도 격이 있다면 전주의 정서와 풍토와 수맥이 하나로 집중된 비빔밥 하나에 세상을 통찰하는 품격이 느껴졌다. 이성계가 비빈 밥을 목으로 넘긴 뒤 말했다. 목에서 차분한 정서가 들려왔다.

"전통이 고른 고을은 음식부터 달라. 지금껏 먹어본 음식 중에 가장 값지고 정갈하다. 숟가락에 얹는 순간 고려를 이어온 조선의 전통이 보인다. 입속에 넣는 순간 조선의 역사가 맡아진다. 맛이란 정직한 것이다. 전주의 비빔밥으로 조선은 미래를 기약하고 먼 옛날을 추억한다. 참으로 우람한 음식이다."

이성계의 숟가락 위로 얕은 구릉의 언덕이 보였다. 언덕을 따라 저항과 울분과 수난의 역사가 샛강을 띄워 소리 없이 흘러갔다. 물길 따라 구불구불 이어진 기름진 들맥이 먼 지평선을 가로질러 갔다. 지평선 끝에 찬란한 산맥들이 이성계의 숟가락 위에서 너울너울 춤추며 밀려왔다.

비빔밥 한 숟가락으로 이성계는 조선에서 떨어져나간 발해를 돌아봤다. 다시 숟가락을 들어 올릴 때, 조선과 대치한 일본의 주림을 떠올렸다. 나라마다 허기가 목까지 차올라 있었다. 끓는 뱃속을 잠재우느라 나라마다 주림을 애태우는 게 보였다. 다시 한 숟가락 떠서 입에 넣고 휘젓듯 잘게 씹은 뒤 목으로 넘길 때, 조선 너머 세상 끝으로 불어가는 바람이 불어왔다.

이성계는 비빔밥이 품은 전통을 생각했다. 맛으로 치를 하루치의 전쟁을 생각했다. 소리 없이 밀려오는 조리의 역사를 생각했다. 그 시작은 어디에서 시작되는지 알 수 없으나 그 끝은 전주의 공간을 벗어나지 않을 것 같았다. 이성계는 눈과 코와 귀와 손으로 이어진 계통을 따라 세상 끝과 연결된 감성으로 맛을 바라봤다. 그 이상 비빔밥에 든 내력을 알 수 없었다.

이성계가 조용히 웃으며 관찰사를 바라봤다. 관찰사가 먹다 말고 수저를 놓고는 소리 없이 고개 숙였다. 정갈한 음식은 말하지 않아도 서로 아는 것 같았다. 이성계가 고개를 끄덕여주었다.

*

신시 무렵 정이품 좌참찬과 대제학이 도착했다. 중앙에서 파견된 전운사도 보였다. 뒤를 이어 전주성 각료들이 별궁으로 모여 들었다. 삼품 참의와 대사간은 오지 않았다. 한양에서 문무의 갈등을 다독이거나 다툼에 합세한 터에 오지 못한 것 같았다.

삼품들이 참석하지 않은 회의가 순조로울지 알 수 없었다. 삼품들을 기다리는 건 의미가 없었다. 저들만의 전쟁을 치루는 각료들의 무엄을 견디는 일은 날마다 부박하고 건조하기만 했다.

전운사는 안찰사와 함께 회의에 당연히 참석해야 했다. 지방마다 징수한 부세를 한양까지 이송을 담당하는 전운사의 역할은 중하고 엄했다. 전운사의 소임으로 나라 살림이 살찌거나 곯기도 했다. 전운사가 허술하면 국고가 바닥났다. 지방마다 조창漕倉을 열어 복무하도록 하였는데, 대개는 지방 수령이나 세가들이 돌아가며 맡았다. 세곡의 징수부터 운송과 수납을 관리했다. 징수한 세곡을 한양으로 운송하게 했다.

전주에 파견된 전운사는 목소리가 무겁고 사지가 둔해 보였다. 전운사가 허리를 숙이며 말했다.

"기울어가는 해를 딛고 여기까지 오셨사옵니까?"

이성계가 고개를 끄덕였다.

"어서 오라."

전운사가 덧붙였다.

"기우는 해가 붉고 찬연할 것이나 밀려오는 외세와 들끓는 비선들의 놀음이 가볍지 않사옵니다."

말로써 나라를 정의를 다투는 전운사의 눈빛은 차갑고 냉랭했다. 삼품이 참석하지 않은 회의에서 전운사의 위치는 까마득히 높아 보였다.

··· 부디 이 순간을 외롭다 여기지 마소서.

끝이 날카로운 전운사의 말은 불에 달군 바늘 같았다. 이성계는 조선을 다스려야 하는 어려움을 생각했다. 문무에 짓밟히는 사직과 백성을 생각했다. 나라의 운명 앞에 무참히 으깨어지던 시간을 견디어 왔음에도 이 순간 외로울 수밖에 없는 근본은 사치 이상 생각되지 않았다. 어디로 가든 이성계의 자리는 늘 정해진 높이와 넓이와 깊이로 왔으므로, 스스로 연민할 일은 없었다.

이성계의 표정이 좋지 않았다. 고려에서부터 이어져온 외세와 문무의 현실을 감당하라는 전운사의 말은 일리가 있음에도 쉽게 받아들여지지 않았다. 이성계가 전운사의 말을 받았다.

"전운사는 변방과 바다에서 적과 싸우는 병사들의 넋두리가 들리지 않는가?"

정강이 아래 속수무책 고여 드는 시름을 이성계는 버릴 수 없었다. 그 까닭이 자신에게 있는지, 문무 신료들에게 있는지, 알 수 없었다. 국경 너머 들끓는 여진과 바다 건너 일본 군사를 향해 칼을 겨누는 와중에도 문무 신하들은 서로를 외면하고 다른 곳을 바라보는 듯했다.

이성계는 적들의 노래가 유령처럼 변방을 배회하는 날에도 문무 신하들의 부릅뜬 눈을 바라보며 조용한 날을 기대해마지 않았다. 신하들의 무엄을 견디면 뒤가 먹먹하고 앞이 캄캄했다. 이미 돌아선 길은 죽음으로 뻗어 있었다. 신생의 길은 보이지 않는 기슭에 버려져 한없이 적막해 보였다.

 등짝에서 식은땀이 끈적거렸다. 외세와 반역을 염려하는 전운사의 말은 틀리지 않았으나 까맣게 타들어가는 속은 치욕과 자존을 안고 흔들렸다. 국경 너머 들끓는 외부의 적과, 시시때때 끓어오르는 내부의 적들이 이 순간 말로써 참할 수 없는 까닭을 알 수 없었다. 외부의 적은 멀리 있어 닿지 않았다. 내부의 적은 누가 어느 줄을 잇대고 종횡하는 비선이며 실세인지 명확히 알 수 없으므로, 죽이는 것도 살리는 것도 가능하지 않았다.

 이성계의 속을 아는지 관찰사가 조용한 눈으로 말했다.
"아침나절 밀려오는 적의와 저녁 때 상처 받을 용기가 조선을 열어가는 원천이 될 것이옵니다. 전쟁은 앞으로도 이어질 것이옵니다. 야망을 버리소서. 현실은 야망보다 냉혹한 것이옵니다."

 일본과의 전쟁은 오래전부터 이어져 왔다. 다시 먼 시간 위에 이어질 전쟁이었다. 전쟁터에 나간 병사들은 두고 온 고향을 그리워하다 하나 둘 이름 없이 쓰러져 갔다. 앞으로도 수없이 쓰러져갈 것이고, 한순간 양보 없이 치열한 접전으로 이어질 것을 내다봤다. 바다와 육지에서 이름 없이 죽어간 병사들의 위패 앞에 속이 타들어가는 날이 많았다. 나라의 기근을 불사하는 문무 신하들을 가둘 수 없어 애가 탔다. 눈앞의 적과 보이지 않는 먼 곳의 적을 이성계는 구분할 수 없었다.

 오래전 황산에서 돌아와 오른 오목대를 떠올렸다. 시간을 건너온 아이를 떠올릴 때, 하늘은 눈을 내렸다. 첫눈이었다. 푸근한 함박눈이 멀리에서 예감되었다.

 말없이 몸을 일으켜 별궁 밖으로 발을 내디뎠다. 고개를 들어 하늘을 올려볼 때 바람 없이 푸근한 함박눈이 이성계의 얼굴을 덮었다. 이성계가 두 팔을 벌렸다. 꽃보다 깨끗한 눈송이가 얼굴과 어깨에 내렸다. 입을 벌리자 눈꽃이 입 속으로 떨어져 내렸다.

 이성계의 입에서 눈보라가 불어갔다. 눈 속에 단 맛은 들어 있지 않았다. 짜거나 맵지 않았고, 쓰거나 신 맛도 들어 있지 않았다. 어떠한 맛도 들어있지 않은 무형의 맛이 조선을 이어갈 맛이라고, 이성계는 생각했다. 모두를 포괄하는 맛이란 어느 한 곳에 치우침 없이 모두를 가치 있게 삼킬 수 있는 것이라야 했다. 이성계가 입과 팔을 벌리고 제자리에 맴돌았다. 멀지 않은 곳에서 부엉이 울음이 들렸다.

 관찰사가 세 걸음 떨어진 자리에서 입과 팔을 벌려 돌았다. 전운사가 관찰사 곁에서 입을 벌리며 돌았다. 전주성 각료들이 발치에서 팔을 벌리며 함께 돌았다. 내금위장이 칼을 바닥에 놓고 입과 팔을 벌렸다. 무사들이 일제히 무장을 해제하고 입과 팔을 벌려 돌았다.

 모두의 입속에 눈이 내렸고, 머리와 어깨와 발목에도 눈이 내렸다. 어지러운 맴돌이가 이어지는 동안 모두는 말이 없었다. 소박한 박석 위에 이어지는 춤사위는 무동들의 군무만큼이나 화려하고 역동적으로 보였다.

 이성계의 날은 소리 없이 기울어갔다.

어진御眞

 종일 눈이 내렸다.
 소리 없이, 저 먼 다른 세계에서 떠밀려온 하양은 그칠 줄 모르고 까만 밤까지 이어졌다. 천지를 덮는 눈발 속에 나른한 꽃잎이 떨어져 내렸고, 손에 닿으면 흔한 물로 돌아갔다.
 순한 것이 세상을 덮을 무렵 방원은 안도했다. 입을 벌려 눈을 받을 때 오래전 죽은 정몽주의 죽음이 떠올랐다. 눈두덩에 눈이 닿을 때 정도전은 슬며시 떠밀려 왔다. 눈 속엔 어떤 맛도 들어 있지 않았다. 어떤 무게도 느껴지지 않았다. 정몽주와 정도전의 죽음에 든 명분은 달랐는데, 죽은 뒤 남은 기억의 잔해는 다르지 않았다. 기억을 뚫고 밀려오는 고려의 몰락은 허무했으나, 오래된 기억 속에 저장된 조선의 건국은 뚜렷했다.

코끝이 맵고 눈두덩이 시렸다. 모두가 돌아간 저녁나절 경복궁은 춥고 스산했다. 담장 너머에서 불어온 바람은 살을 찌르는 팽팽한 긴장이 돌았다. 바람 속에 나발과 나각, 태평소와 용고가 울었다. 눈발 속에 징과 장구와 자바라가 울먹였다. 정월대보름에 맞춰 장악원 악사들이 대취타 행진을 예행하는 모양이었다. 광화문 앞에 달집을 세우고 풍작과 소출을 바랄 목적으로 대보름 연행은 기획됐다. 해마다 모두의 무병과 장수를 기원하고자 연행은 이어질 것이다.

 악기 소리에 맞춰 발자국 소리가 헛것처럼 밀려왔다. 한껏 높아졌다 순간에 꺾이는 소릿결에 파도가 실려 왔다. 낮아졌다가 다시 치솟아 오르면 소리가 없던 대기에 잎 지는 무늬가 떠갔다. 겨울 정령들이 소리를 받히면 봄은 멀리에서 예감되었다. 산과 숲에 숨어든 겨울은 오래도록 무춤거리며 밀려갈 줄 몰랐다.

 편전 앞뜰에 내린 노을은 색감이 따스하고 조용했다. 남은 저녁 빛이 전각을 비출 때 정몽주의 죽음을 둘러싼 가파른 벽을 생각했고, 정도전의 죽음에 든 날카로운 가시를 생각했다. 둘의 죽음은 다른 색채로 왔으나 죽음에 든 진실만큼은 조선을 향해 뻗어왔다.

 사찰에서 기도를 올릴 때도 방원의 머리에는 정몽주와 정도전이 엇갈리며 떠돌았다. 도봉산 자락에 묻힌 망월사에서 죽은 정몽주를 불러 시담詩談을 나눌 때 방원은 붓을 띄워 무거운 마음을 종이에 가라앉혔다. 천축사에서 죽은 정도전을 위해 백일기도를 올린 뒤 방원은 허공에 글을 새겼다. 정몽주와 정도전은 각자의 몸으로 죽었어도 죽음이 무거운 까닭은 천 가지가 넘을 것 같았다. 버거운 숫자를 입에 담을 수 없고, 입 밖에 뱉을 수 없는 자리에서 방원은 조용히 앞날을 모색했다.

*

기묘년 가을.

방원은 잎 지는 송도의 잠저를 잊지 않았다. 침실 동마루 끝에서 자신을 향해 뻗어오던 흰 용은 붓의 다스림보다 임금의 자리를 점지하는 것이라고 믿었다. 붓을 버릴 때 방원은 비로소 알았다. 붓보다 칼에 집중할 때 올 것이 오리라는 것도 내다봤다. 믿음이 확고했으므로, 방원은 두 차례 난을 겪으면서 방석·방번 아우를 죽이고 스스로 임금의 자리에 올랐다.

후회와 고뇌로 얼룩진 회한이 밀려왔으나 방원은 답할 수 없었다. 돌이킬 수 없다는 것을 알았을 때, 방원은 〈하여가〉를 마지막으로 몸에서 떼어낸 붓을 생각했다. 크든 작든 자신이 버린 붓을 자식에게 물려주고 싶은 마음이 간절했다. 왕가의 의무가 아닌, 붓을 다스리는 아이의 근성과 능력을 넘겨주어 훗날을 기약하고 싶었다. 양녕이 될지, 효령이 될지, 충녕이 될지 알 수 없으나 그 일 만큼은 저버릴 수 없었다.

전주에서 이성계가 돌아온 날 방원은 중신들을 불러 모았다. 해가 좋았고, 바람이 순한 날이었다. 하륜, 배극렴, 신극례가 편전에 앉아 방원의 말을 기다렸다. 가야금 소리가 들려오는 시간에 방원은 캄캄한 바다 가운데 홀로 떠 있는 기분이 들었다.

배극렴이 조용히 말했다.

"때를 맞춰 팔도의 화가들이 도화서에 모여들었사옵니다."

상왕의 초상이 그리도 중한가?

방원은 묻지 않았다. 물을 수 없는 이유가 열 가지는 넘을 것 같았다. 죽기 전 아비 이성계의 초상을 그려서 후대에 남기는 일은 여러 면에서 합리로 왔으나 방원은 쉽게 그 일에 동의할 수 없었다. 동의할 수 없는 이유도 열 가지는 될 것 같았다.

"종친부의 판단이 결국 그것인가?"

"이 시기를 놓치면……."

때를 놓치면 죽은 뒤 이성계의 어진御眞을 그려야할지 모를 일이었다. 살아 있는 상왕의 모습을 화폭에 담는 일은 대의

의 명분을 지니며 왕실의 권위를 세우는 것이라고, 신극례는 말하고 있었다. 졸아드는 신극례의 말끝은 흐려도 그 말이 품은 뜻이 옳고 바르다는 것은 멀찍이 선 상선과 내관들도 알았다. 방원이 고개를 끄덕이자 하륜이 은밀한 목소리로 말을 보탰다.

"쇠잔해 보였사옵니다."

이성계는 전라도 사찰에서 더 늙은 몸으로 돌아왔다. 함흥 사찰과 마찬가지로 보낸 차사差使마다 돌아오지 않은 자가 많았고, 돌아온 자도 얼마가지 못했다. 죽을 날이 언제가 됐든 죽기 전에 초상을 남기는 일은 중한 일이지 싶었다.

방원이 조용히 대답했다. 목에서 대숲을 지나는 바람소리가 들렸다.

"무슨 말을 하려는지 안다. 죽기 전에 그려야 하는 것도 중하다. 지금은 자리에서 물러나 한적한 곳에 있어도 조선을 개국한 임금을 어찌 죽은 뒤 그 모습을 그린단 말인가?"

"도화서 화원들이 어진화사御眞畵師를 목 늘여 기다리고 있사옵니다."

하륜이 대답했다. 신극례가 덧붙였다.

"정몽주가 살아 있었더라면 가장 먼저 제안했을 것이고, 그다음 정도전이 입에 올렸을 것이옵니다."

정몽주와 정도전을 생각할 때, 모두가 완전한 충을 고할 수 없다는 것을 알았다. 다른 눈으로 다른 세상을 바라본 대가는 가혹하고 쓰라렸으나 불충을 고하다 죽어가는 것도 충의 조건이 될 수 있는 논리를 방원은 잊지 않았다.

 정몽주는 고려의 울분을 삼키고 성리학을 목전에 가져온 인재였다. 학자로서 정몽주의 유능은 불꽃같았다. 죽는 순간까지 고려를 지키려 맹렬한 불꽃으로 타오른 것도 알았다. 정몽주를 데리고 함께 조선으로 건너왔다면, 숨 가쁜 인문人文으로 숭유崇儒의 국정을 열어갔더라면, 조선의 바탕을 다져갔더라면, 더 바랄 게 없었다. 정몽주는 때 묻은 고려의 관념을 쥐고 객관의 예와 충과 의리를 안고 고려에 남기를 원했다.

 정몽주는 명석하고 뚜렷했다. 이념과 사상 사이에서 민첩했다. 고려의 문무를 놓고 갈등하지 않았으므로, 역성혁명 없는 깨끗한 계통과 질서와 서열을 원했다. 피바람 없는 투명한 개혁을 원했다. 허상과 위선과 교만의 비선을 허물고자 했고, 실세를 누르고 평등한 고려를 열어가고 싶어 했다. 끓는 피로 적을 응징하고자 했으며, 부서지는 뼈마디로 부정한 앞날을 막아서길 원했다. 그 모두를 포괄할 수 없었음에도 고려를 지키려 한 까닭만큼은 높고 가상했다. 정몽주는 밤마다 차오르는 달과 같았으므로 살아남을 수 없었다.

어진 227

반역의 실체는 입에서 시작되어 입 밖에 돌아도 정도전만큼은 함께 가고자 했다. 정도전은 낮달 같았으므로 살아남을 수 없었다. 하나의 세상에 두 개의 달이 떠오를 수 없는 까닭은 정도전이 죽은 뒤 깨달았다. 정도전의 죽음은 광화문 일대를 뜨거운 아궁이로 달구었다. 밤이면 횃불을 치켜든 백성이 정도전의 유능을 말해주었으나 돌이킬 수 없었다. 횃불은 광화문에서 시작되어 외방으로 뻗어나가 팔도를 들끓게 했다. 산발적이거나 급작스럽지 않은 횃불은 조용하면서도 뚜렷하게 타올랐다. 작은 불덩이가 하나둘일 때는 보이지 않았으나 불어난 숫자만큼 걷잡을 수 없다는 것도 알았다.

 정도전을 비추는 횃불은 가깝거나 먼 곳에서 오래도록 소란스럽게 타올랐다. 망월사 부도를 돌 때도 헛것 같은 고려와 함께 정도전은 걸어왔다. 정도전의 삶은 한 자락 꿈결 같았다. 그 죽음은 연기 같았다. 산안개를 뚫고 걸어오는 실존은 죽은 뒤 더 무겁게 왔다. 울적함은 정몽주를 제거했을 때와 다르지 않았다.

몽유이화우夢遊梨花雨

바람이 불어 귓가가 서늘했다.

두 가지 죽음을 안고 돌아서는 방원의 어깨는 무겁고 고단했다. 정몽주와 정도전은 불덩이였으므로 살아남지 못했다. 쥘 수도 버릴 수도 없는 까닭을 생각했다. 가질 수 없는 불덩이는 버리는 것이 최선이었다.

밤을 비추는 두 개의 달은 지평선 너머까지 아늑했으나 한여름 이글거리는 뙤약볕보다 뜨거웠기 때문에 살려둘 수 없었다. 정몽주와 정도전은 가고 없으나 여전히 근심과 시름을 몰아오는 향수였다.

둘의 죽음을 이제라도 매듭지어야 할 것 같았다. 조선을 위해 희생한 자들의 가치를 생각하는 것은 옳았다. 고려 때부터 이어온 공적을 따져 품계를 내리고 기록하는 것도 옳지 싶었다. 사람에 대한 예의를 말하지 않아도 정몽주와 정도전의 죽음에는 배워야할 충과 의리와 믿음이 많아 보였다. 둘은 어찌 조선의 세상을 버리고 그 너머의 세상을 택했는지, 볼 수 없는 먼 세상의 먹물로 조선의 흰 세상을 가고자 했는지, 여전히 알 수 없었다.

결정을 내려야할 것 같았다. 미룬들 뾰족한 방도가 생기는 것도 아니었다. 적정한 판단으로 내실을 다질 때 조선은 바로 설 것도 내다봤다.

"중신들의 뜻이 상왕 어진에 집중되어 있다면 그리하라. 과인의 생각도 옳다고 말한다."

하륜의 눈총이 밝게 빛났다. 눈동자를 가로지르는 돌고래가 보였다. 물살을 가르며 뛰어오른 돌고래 등짝 위로 부신 빛이 떨어져 내렸다. 하륜이 허리를 굽히며 대답했다.

"내일 아침 입시入侍하고 종친들과 논하겠나이다."

배극렴이 하륜의 말을 거들었다.

"도화서 제조와 화원들에게 어진도감을 준비하라 이르겠나이다."

신극례의 생각도 다르지 않은 것 같았다.

"안견의 그림이 출중하다 하옵니다. 상왕 초상을 그릴 화가로는 적합한 인물이옵니다."

하륜도 안견의 솜씨를 익히 들어 알았다.

"사대문 밖에서 천지도 모르고 오직 그림만 그린다 하옵니다."

안견의 그림은 높고 탁월했다. 팔도를 뒤져도 따라올 자가 없었다. 태어난 곳이 어딘지는 몰라도 그림 하나는 천지가 다 알았다. 스승이 누군지 알 수 없으나 어디에 두어도 뛰어난 화폭을 보였다.

안견은 말로 지껄이는 풍속보다 그림으로 보여주는 대가였다. 그의 그림은 낮달보다 높지 않으나 사대부들의 천한 그림보다 높았다. 사대문 밖에서 미련 없이 부서지고 망가지면서 스스로 깨우친 창의創意의 화법으로 그 만의 세계를 그려냈다.

안견은 고결했다. 경계가 사라진 천지는 아득한 세상을 끌고 왔다. 아我와 무아無我의 경계를 비켜가는 저 만의 세상은 누구도 흉내 낼 수 없었다. 안견은 풍속과 인물을 그리지는 않았으나 조선의 진경산수만큼은 뚜렷이 그려냈다. 그림 속에 한 자락 꿈이 펼쳐질 때, 조선의 산수는 현실에서 사라지는 것 같았다. 안견의 그림은 몽환으로 보일 때가 많았다. 그림 속에서 환청이 들려올 때도 많았다.

방원은 〈하여가〉를 끝으로 몸에서 떼어낸 붓을 생각했다.

허공에 그려지던 시문이 그리웠다. 종이에 맺혀들던 산문이 안타까웠다. 세상 밖으로 흩어지던 붓자국들이 안견의 그림을 딛고 밀려왔다. 다시 붓을 쥐기엔 늦은 것도 알았다. 붓으로 일생을 걸 수 없는 까닭이 조선의 개국에 있었는지 알 수 없었다. 붓 대신 칼을 쥔 까닭이 문무의 패악으로 물든 고려의 무마에 있었는지 알 수 없었다.

고려의 패망을 등지고 조선으로 넘어올 때 방원은 미련 없이 붓을 버렸다. 붓을 버리고 칼을 쥐던 날 방원은 오래 울었다. 방석·방번 아우를 먼저 보낼 수밖에 없는 이유가 칼이 아니라 붓에 있다는 것을 알았을 때 방원은 다시 울먹였다. 하나를 버려야만 남은 하나를 쥘 수 있는 까닭은 높고 선명했다.

*

안견의 〈몽유이화우夢遊梨花雨〉를 떠올리며 방원은 오래 생각에 잠겼다. 안견의 붓과 자신의 붓이 어떻게 다른지 알 수 없으나 붓으로 꿈을 그리는 안견과 붓으로 글을 새기는 방원은 다르지 않았다.

수수께끼 같은 생각은 생각을 딛고 이어졌다. 우수수 떨어지는 배꽃 아래 붓을 다듬는 나그네의 모습이 보였다. 자신과 닮은 나그네는 그림 속에서 갈 곳을 정하고 오래 붓을 매만졌다. 꿈의 경계에서 흩날리는 배꽃무지 너머로 생을 걸고 걸어가는 유객遊客은 한가롭고 게을러 보였다.

 나그네처럼 허공에 붓을 띄워 칼을 잠재울 날이 올지, 세상 끝나는 곳에서 칼을 버리고 붓을 다스리게 될지 알 수 없었다. 다시 붓을 쥐는 날 조선의 나랏글을 떠올리고 나랏말의 근본을 새겨야 하는 것도 내다봤다. 그때까지 버린 붓이 견뎌주면 다행이고, 흔적 없이 사라지더라도 나랏글 만큼은 조선과 함께 일으켜 세워야 한다는 것도 알았다.

 붓의 최종 정착은 언제가 될지 알 수 없었다. 나랏글은 붓을 다스리는 자로서 저버릴 수 없는 숙명이었다. 언제가 될지, 누가 될지, 알 수 없었다. 시류에 일으킬 수 없다면 지성의 요체들을 길러 다음 왕대에서만큼은 나랏글을 심어야 하는 것도 내다봤다. 머지않은 날 세자를 책봉할 것인데, 양녕이 될지, 효령이 될지, 충녕이 될지 아직 알 수 없었다. 신중히 결정하는 게 옳지 싶었다.

 안견은 생각이 많은 화가 같았다. 꿈과 현실을 화폭에 옮기는 안견의 세상은 방원과 무관한 곳에서 나고 자라며 사라질 것 같았다. 꿈과 현실의 비중이 무난한 그림은 언제쯤 빛을 보게 될지 알 수 없었다. 그때가 언제가 될지 들리지 않았으나 꿈속을 여행하는 이야기는 들은 적이 있었다.

 꿈속을 걷는 아이.

 오래전 아비의 꿈속에 다녀갔다고 했다. 견훤을 데려와 금척을 내렸다고 했다. 안개 길을 따라 이어지던 꿈은 어둡고 한산했다고 했다. 고요를 뚫고 고래 심줄 같은 빛이 멀리에서 뻗어 왔다고 했다. 수많은 짐승들이 날아다니거나 땅에 붙어 다녔다고 했다. 견훤 곁에 불을 뿜는 눈으로 아비를 노려보던 호랑이가 앉아 있었다고 했다. 고려를 허물고 아침의 나라를 일으킬 것이라던 꿈속 예언은 결국 아비로 하여 조선을 열게 했다.

 꿈을 그리는 안견과 꿈속을 걷는 아이의 존재는 쉽게 이어지지 않았다. 어쩌면 방원이 모르는 곳에서 하나로 통하고 있는지 모를 일이었다. 그곳은 생시와 무관한 꿈과 꿈이 섞인 어느 지점이 될 것인데, 붓으로 갈 수 없고 칼로도 건너갈 수 없는 곳이지 싶었다.

 생각은 하염없이 이어졌다. 생각이 다른 생각을 낳고, 다른 생각은 또 다른 생각으로 이어졌으나 갈 곳은 정해져 있었다. 하륜, 신극례, 배극렴은 한 식경 째 방원의 말을 기다렸다. 결정을 내려야 할 것 같았다.

"안견, 그 자가 그리 뛰어나다면 조용히 불러 진행하라."
하륜이 방원의 말을 받았다.
"상왕 전하의 어진이옵니다. 시작은 은밀해도 끝은 괄목할 것이옵니다."
방원이 고개를 끄덕였다. 신극례가 말을 보탰다.
"상왕 전하의 어진은 중한 기록이 될 것이옵니다. 나아가 조선의 역사가 되고 전통이 될 것이옵니다."
방원이 다시 고개를 끄덕였다. 신극례의 말에 방원이 짧게 답했다.
"그 모두 마음으로 받으마."
그 이상 의미를 바라는 것은 각자의 몫이지 싶었다. 비가 내릴 것 같았다. 비가 내리지 않아도 낮달 같은 종친들이 얼굴을 붉히지 않고 조용히 지나가기를 빌었다. 하루에도 수십 번 아궁이처럼 끓어오르는 종친들의 서열과 위계를 언제쯤 정비할 수 있을지, 마음 한 켠은 갑갑하기만 했다. 배반과 음모와 반역으로 종횡하는 문무 비선들의 실세 놀음은 언제까지 들끓을지 알 수 없었다. 끝이 보이지 않았다. 조선은 일어설 날이 아득했고, 걸어갈 날도 멀어 보였다.

시간을 삼킨 아이

 별전別殿 전각 너머로 남은 햇살이 가물거렸다. 낮에 둥지를 떠난 새들이 하나둘 날개를 저으며 돌아갔다. 멀리에서 어린 송아지를 부르는 어미 소 울음이 들렸다. 개들이 따라 짖어댔고, 길고양이들이 어슬렁거리며 담장을 넘나들었다.

 해거름에 이성계의 침소는 고요했다. 기척 없이 가야금 소리가 들려왔다. 장악원 여령들이 늦도록 현악기를 켜는 모양이었다. 선율이 담장 너머에서 불어와 길고양이들이 건너간 대숲 언저리로 밀려갔다. 소리는 너른 시공을 단숨에 뛰어넘어 새들이 날아간 뒤 소리가 없던 대기에 잔잔한 저녁 빛이 되어 내렸다.

 전각을 비추는 저녁 빛은 낮고 부드러웠다. 발자국 소리가 들려왔다. 별전 안에서 이성계는 조용히 기척했다. 가마에 몸을 얹고 전주에서 돌아온 지 열흘째 기별이 없던 터에 발자국 소리에도 궁금증이 일었다.

  이성계가 물었다.

"아직 해가 남았는데, 밖에 누가 온 것이냐?"

  늙었어도 이성계의 목소리는 맑게 들렸다. 전주 오목대에서 대풍가를 부른 목소리 그대로였다. 저녁 수라를 생각했으나 아직 때가 되지 않은 것도 알았다.

"어진화사, 기별하옵니다."

  저녁이 다 되어가는 시간에 어진화사의 문안은 생각하지 못했다. 문 너머에서 이성계가 물었다.

"어진화사?"

"태상왕 전하의 초상을 그리고자 스승 안견과 함께 입궁하였습니다."

  말끝에 문을 열고 이성계가 고개를 내밀었다. 흰 머리의 이성계는 고집스럽고 외로워 보였다. 이성계가 문 앞에 선 화사를 오래 바라봤다. 열대여섯 살이나 되었을까, 머리를 뒤로 묶은 아이는 청초하고 맑아 보였다. 화사를 바라보는 눈길은 조용하고 무거웠다. 마음을 끄는 아이가 눈앞에 서 있다고, 생각했다. 이성계의 목에서 무뚝뚝한 바람이 불어갔다.

"들었다. 당상과 종친들이 뜻을 모아 어진을 그릴 것이라고……. 가엾고 부끄럽다. 허나, 피로 일으킨 조선의 민낯을 가리기 위해서가 아니라면 조용히 응할 것이다. 들어오너라."

아이는 스스럼없이 걸어와 앞에 앉았다. 몸가짐이 조용했다. 비단에 붓을 내리듯 앉을 때 소리가 없었다.

"혼자 왔느냐?"

"스승과 함께 입궁했으나 어진은 제가 그릴 것입니다."

까닭이 있지 싶었다. 이성계는 묻지 않았다. 누가 그리든 그린 뒤 화폭이 말해 줄 것이므로, 붓의 자질과 색상을 입히는 안목이면 충분했다. 과하지 않고 부풀지 않아야 했다. 구상을 잠재우고 추상의 기법으로 그릴 때 어진은 올 것이다. 때 묻지 않은 순수의 힘으로 그릴 때 어진은 완성될 것이므로, 앞에 앉은 아이만으로 가능하지 싶었다.

어진은 낯설고 무겁게 왔으나 가슴 떨리는 기대를 저버릴 수 없었다. 어진은 구상과 추상의 중간 그 어디쯤 될 것이다. 이성계가 물었고, 아이가 답했다.

"이름이 무엇이냐?"

"누오입니다."

어감이 좋은 이름은 눈과 머리와 귀가 먼저 알아들었다. 들어본 이름인 것도 알았다. 어깻죽지에서 한줄기 회오리가 불어갔고, 귓속이 먹먹했다. 말없이 아이를 바라볼 때 머리칼이 일어서는 것을 알았다. 순간의 놀라움은 전율로 왔다. 잊힐 리 없는 공간에 한 아이가 서 있었다. 숨이 차고 목이 타는 것을 알았으나 이성계는 내색하지 않았다.

아이가 말했다. 목에서 풀숲을 지나는 바람이 불어갔다.

"내일 이른 시간에 올 것입니다. 어진의 시작은 용안에서 시작되어 발끝으로 이어질 것입니다."

기침 없이 이성계가 대답했다.

"일찍 일어나 기다리마."

"권좌에 입으셨던 아청색 곤룡포가 어진으로는 무난할 것입니다."

아이의 눈은 청명하고 조용했다. 일어나 허리 숙일 때 새 울음이 들렸다. 미끄러지듯 소리 없이 아이는 돌아갔다.

*

아이의 모습을 바라보며 이성계는 시간을 생각했다. 시간 속에 이어지는 공간을 떠올렸다. 헛헛한 무간無間의 섬들이 머릿속을 저어갔다. 섬 위로 침몰하는 달이 보였다. 허상의 섬들이 수천수만 개의 별을 띄워 풍등과 함께 오래전 머릿속에 묻힌 기억 저편으로 떠갔다.

 이성계가 혼잣말로 읊조렸다. 사위가 숨을 죽이며 혼잣말을 엿들었다.

　… 알 수 없구나. 어느 별에서 온 아이인가? 그토록 기다려 온 아이…….

 아이가 돌아간 뒤 수라간 나인들이 저녁 수라를 광주리에 담아 머리에 이고 왔다. 저녁 수라는 낮에 빛나던 햇살을 머금고 있었다. 날것과 익힌 것들 사이에 무지갯빛이 돌았다.

 기미 나인을 물린 뒤 이성계는 조용히 수저를 들었다. 밥과 나물과 고기를 얹은 숟가락을 들어 올리며 머릿속에 홀로 떠다니는 아이를 생각했다. 그 이름을 모를 리 없었다. 오래전 전주 오목대에서 시간을 거슬러 걸어온 아이의 이름도 누오라고 했다. 스무다섯 해 저편에 두고 온 공간은 외롭고 스산해 보였다.

시간의 서재

 다음날 아이는 약속한 시간에 별전에 들어섰다. 내명부 상궁이 흰 비단을 들고 앞서 들어왔다. 아이는 머리를 검은 천으로 동여매고 왔다. 머리끈 가운데 금색 실로 새긴 붓이 보였다. 바느질이 선명하고 깨끗했다. 한 자루 붓이 아이의 약점을 가리고 어진을 괄목하게 할지 몰랐다.
 뒤로 넘겨 묶은 아이의 머리칼은 찰랑거리지 않고 단정했다. 아이 뒤로 나인 셋이 붓과 벼루와 먹을 들고 있다가 내려놓았다. 내명부 나인들은 소란하지 않았으나 동선마다 긴장된 걸음이 보였다.
 상궁이 이성계를 일으켜 상좌에 앉혔다. 다섯 걸음 앞에 가져온 비단을 당겨서 펼쳤다. 대나무가 새겨진 문진文鎭으로 좌우를 눌러 그릴 때 비단이 꼬이거나 움직이지 않도록 했다.

곁에 스무 자루의 붓을 가지런히 놓았다. 다섯 개의 벼루마다 물을 채웠다. 벼루의 연안은 찰랑거리지 않고 잔잔한 물빛을 머금고 기다렸다.

나인들이 서두름 없이 벼루 깊은 자리를 갈아 먹물을 그릇에 모았다. 벼루마다 농도를 달리해 짙은 먹물을 가장 멀리 두었고, 연한 순서대로 그릇에 담아 가까이 두었다.

벼루의 깊이는 바다의 깊이로 왔다. 저마다 다른 깊이의 바다가 보였다. 연안에서 심해에 이르는 긴 바다가 벼루마다 출렁거렸다. 얕은 바다에서 해파리들이 투명한 빛살을 튕기면, 깊은 바다 멀리에서 고래들이 지느러미를 흔들며 춤을 추었다.

아이가 붓을 쥐고 이성계를 올려봤다. 숨을 뱉으며 아이가 말했다.

"먼저 먹으로 윤곽을 그릴 것입니다. 초본을 말하옵니다. 편한 자세로 앉아 계시면 됩니다."

이성계가 빙긋이 웃었다. 이성계가 웃자 세상이 따라 웃는 것 같았다. 구김 없는 아청색 용포가 이성계의 전신을 덮었어도 위엄은 젊을 때 모습 그대로였다. 이성계가 나직이 말했다.

"얼굴이 보이느냐? 늙고 쭈글쭈글 할 테지만, 가까이 와서

보거라. 부풀리지 말고 있는 그대로 그려야 한다."
 아이가 순한 표정으로 대답했다.
"왕과 어진은 동격이긴 하오나 그 실체가 왕의 권능을 벗어나서는 안 되며, 엄격한 휘의 반경 아래 그려져야 합니다."
"왕보다 더 왕다우면 안 된다, 그 말인가?"
"어진은 실존보다 더 사실의 모습을 보여서는 안 되는 것입니다."
 이성계는 생각에 잠긴 뒤 대답했다. 지나온 날들을 추억하는 것 같았으나 얼굴에는 무엇도 그려지지 않았다. 생각 끝에 이성계가 나직이 말했다. 목소리에 감출 길 없는 회한과 울분이 섞여 있었다.
"죽은 뒤 영정으로 쓸 초상만큼은 가식 없이 깨끗한 모습으로 남고 싶구나. 그렇게 해줄 수 있느냐?"
"헛것을 좇아 있지 않은 모습을 화폭에 담지는 않을 것입니다. 날것을 버리고 진실한 모습을 그릴 것입니다."
 이성계는 살아온 날들의 허영을 버리고 죽은 뒤 정직한 모습을 원했다. 역성혁명의 핏자국을 지우고 죽은 뒤에라도 인자한 얼굴로 후대에 전하기를 바랐다. 무모함과 용맹이 뒤섞인 젊은 날의 이성계는 간 데 없이 깨끗한 사지로 되돌아가고 싶어 했다.

*

 젊은 날 시골무사 이성계는 아비 이자춘의 벼슬을 이어받아 금오위상장군을 거쳐 동북면상만호에 이르는 먼 여정 길에 올랐다. 독로강만호 박의의 반란을 토벌하고, 개경까지 닿은 홍건적을 밀어낼 때, 시골무사의 무훈은 크고 높았다. 동북면병마사에 오른 뒤 원나라 나하추納哈出를 격퇴하면서 고려 무인의 비범함을 알렸다.

 동북면원수에서 문하성지사로, 화령부윤에서 서강부원수에 이르는 길은 멀고 고단했다. 양광·전라·경상도도순찰사가 되어 황산에서 왜적을 몰아내면서 심미안의 아이를 목격했다. 이지란과 함께 함경도에 침입한 호바胡拔都의 군대를 길주에서 대파하면서 무신의 행로는 거칠고 가팔랐다.

 우군도통사가 되어 군사를 이끌고 북진하다가 위화도에서 회군하였을 때, 이성계의 운명은 고려에서 끝나지 않았다. 단 한번 법과 율과 계통을 거역한 적이 없었으나, 그 일만큼은 오래도록 내면에 떠돌았다.

 충의 진실과 반역의 수치를 생각할 때, 역성혁명의 단초가 된 것은 회군이 아니라 고려의 안위가 가장 뚜렷하고 선명했다. 그 속에 오목대를 품은 전설이 들려왔다. 그 너머 선지교에서 피 흘리며 죽어간 정몽주가 보였다. 요동정벌과 사병혁파를 꿈꾼 정도전의 죽음도 그 속에 보였다.

이성계를 바라보는 아이의 눈이 흔들렸다. 머리를 가로지르는 빗소리가 들려왔다. 골을 찌르는 천둥소리가 들려왔다. 머리에서 발끝을 지나가는 번개가 보였다. 붓을 쥔 손끝이 떨렸다. 귓속이 먹먹했고, 아이가 고개를 들고 이성계를 바라봤다. 늙고 쇠잔한 얼굴에 알 수 없는 연민이 밀려왔다.

조선은 아비를 보낸 뒤 세워진 나라였으나 아비의 죽음과 무관한 나라가 될지 몰랐다. 진입할 수 없는 조선은 깊이 없이 허상의 무늬로 채워진 나라로 보였다. 잴 수 없는 깊이의 오래된 임금을 바라보는 일은 어렵고 두려웠다.

이성계가 물었다. 목에서 오랜 풍상과 마른 기근이 들렸다.

"어진은 정직해야한다 그 말이지? 허면, 헛것과 날것을 버려야 한다고, 누가 정했느냐?"

아이는 묻는 말에 잠시 뜸을 들였다가 대답했다.

"전하, 말이 많으면 표정을 읽을 수 없습니다."

"입 다물고 있어라, 그 말인가?"

"다물어도 숨은 쉬셔야 하지 않겠습니까?"

이성계가 소리 높여 웃었다. 웃는 소리에 날아가는 새가 되돌아 왔고, 전각 너머에서 불어온 바람이 길을 멈추고 바라봤다. 나뭇잎들이 몸을 떨어 깔깔댔다. 멀리에서 소와 개와 말과 닭과 오리가 각양의 소리로 웃었다. 이성계가 웃으면 세상도 덩달아 웃는 것 같았다.

이성계가 어이없는 표정을 짓다가 겨우 대꾸했다.

"알겠구나. 늙으면 쓸 데 없이 말이 많아져."

임금의 자리를 떠났어도 이성계의 눈은 매순간 빛을 머금고 멀리 내다봤다. 빛이 아니어도 이성계는 먼 날을 바라보며 숨을 내쉬었다. 쇠잔한 날들이 어깨를 짓눌러 와도 눈동자만큼은 고려의 끈기를 잊지 않았다.

아이가 한순간 이성계를 올려본 뒤 옅은 먹물을 담은 그릇에 붓을 찍었다.

"이제 그릴 것입니다."

아이가 심호흡 끝에 붓을 비단 위로 가져갔다. 시작은 바람처럼 순하고 물처럼 부드러웠다. 이마와 눈매와 콧등과 인중과 입술과 턱이 하나가 되도록 윤곽을 잡았다. 고른 등고선으로 안정된 비율의 얼굴을 그려 넣고는 매미의 날개를 단 익선관을 씌우자 임금의 위엄이 드러났다.

세 식경이 흐르는 동안 이성계는 말이 없었다. 쓸모없는 말을 입에 머금지 않아 마음이 편했다. 아이가 붓을 놓고 허리를 펴고서야 이성계는 입을 열었다.

"네가 고생이 많구나. 살아갈 날이 얼마 남지 않은 나를 위해……. 내겐 시간이 별로 없어."

아이가 올려봤다. 굳은 얼굴이 한순간 풀어지는 듯싶었다.

"피로 얼룩진 고려의 허상들이 전하의 몸과 머리와 손과 발, 마음을 어지럽게 하시거든, 시간을 멈추게 하라, 제게 이르소서."

뜬금없는 아이의 말은 간곡하게 들렸다. 시간을 되돌릴 수 있다면, 다시 시작해도 늦지 않을 것 같았다. 여리고 무른 날 황산에서 불을 보낸 뒤 다시는 말과 친해지지 않았다. 말 등에 오르는 일도 출병이 아니면 거의 없었다. 먼 길을 나설 때면 불과 가장 비슷한 말을 골라 말 등에 올랐으나, 그때마다 마음이 뒤틀리고 삭신이 쑤셔왔다. 지나간 시간은 되돌아오지 않았으나 마음은 늘 저편에서 불과 함께 헤픈 날을 보내기 일쑤였다.

이성계가 굳은 얼굴로 물었다.

"시간, 시간을 멈추게 하라. 그게 가능한 것이냐?"

"지나간 시간은 책장에 꽂힌 책과 같습니다. 원하는 시간대로 가서 정직하게 가져오면 됩니다."

알 수 없었다. 시간이 책장에서 가져올 수 있는 책과 같은 것이라니……. 무뚝뚝한 얼굴로 다시 물었다.

"어렵구나. 시간은 누구에게든 절대적이지 않느냐? 한번 흘려보낸 시간은 그것으로 끝이지 않느냐?"

"시간은 굴곡이 많습니다. 절대 영역 안에 휘어진 상대의 시간대를 찾아오면 됩니다."

무심히 던진 아이의 말에 허리가 휘청거렸다. 머릿속이 끓어올랐고, 숨이 차올랐다. 그 오래전 전주 오목대에서 그 아이도 같은 말을 남겼다. 그때가 언제였는지, 아득한 색채와 바람이 머릿속에 헛돌았다.

오래전 추억

 아이가 붓을 쥐었다. 짙은 농도의 그릇에 담긴 먹을 찍고는 무심히 올려봤다. 비단에 붓을 내릴 때, 별전 밖에서 새 울음이 들렸다. 아이가 붓을 들면 시간이 멈추는 것 같았다. 정색한 표정으로 비단에 붓을 가할 때 시간은 사라지는 것 같았다. 상선과 상궁과 나인들의 표정은 굳어 있었다.
 아이의 얼굴을 보자 더 물을 수 없었다. 더 말하거나 물어봤다간 짜증을 낼 게 분명했다. 조용히 기다리면 말해 줄 것 같았다. 괜히 말을 붙였다가 아이가 붓이라도 놓아버리면 그보다 무서운 일은 없을 것 같았다. 곁에 선 상궁과 나인들이 아이를 흘겨보며 낮게 수런거렸다. 상궁과 나인들이 노려봐도 아이는 붓질에 열중이었다. 상선이 검지손가락을 세워 입술에 가져갔다. 이성계가 고개를 끄덕였고, 상궁과 나인들이 그제야 눈을 풀고 먹을 갈거나 비단을 바로 잡았다.

아이가 목과 어깨, 가슴과 배를 감싼 곤룡포를 그려나갔다. 다리까지 이어지는 용포는 용안 다음으로 중한 작업이었다. 상왕의 전신을 담는 과정은 서두름 없이 섬세한 질감을 살리는 게 제격이었다. 양어깨에 작은 용을 그려 넣었다. 다섯 발톱을 세운 한 마리 용을 가슴팍에 그려 넣을 때 광화문 어귀에서 오포가 울었다.

개경에서 먹던 만둣국이 점심에 나왔다. 각자 정해진 자리에서 소박하게 먹었다. 이성계는 따로 차려온 수라를 나인들에게 돌려보내고 아이와 함께 만둣국을 먹었다. 채소에서 단맛이 났다. 육질에서 고소한 맛이 났고, 국물은 뜨겁고 얼큰했다.

먹어야 뭐든 할 수 있는 시간이 좋았다. 배가 고프면 고픈 대로 버릴 수 있는 시간이 있어 좋았다. 임금의 신하이든, 신하의 임금이든, 임금의 백성이든, 백성의 임금이든 먹어야 살고 먹은 뒤 죽어야 저마다 때깔이 고왔다. 먹는 시간은 정해져 있어야 하고, 먹는 공간은 단순하며 깨끗한 곳이라야 제격이었다.

아이는 만두 두 개를 건져 먹고는 숟가락을 놓았다. 모두 식사가 끝나기를 기다렸다가 붓을 들었다. 그리다 만 용포를 마저 그려나갔다. 허리춤을 감싼 옥대에 두 마리 용이 서로 바라보도록 그려 넣을 때, 멀지 않는 산자락에서 소쩍새 울음이 들려왔다. 새 울음이 말 없는 자리의 무료함과 심심함을 잠시 달래기는 했다. 용포에 주름을 새겨 현실감을 북돋았다. 용포의 접힘을 넣어 생의 허위를 털어냈다. 용포 아래 발에 신길 가죽신을 구상할 때 해거름이 밀려왔다.

아이가 붓을 놓자 무료함에 지친 상선과 상궁과 나인들을 돌려보냈다. 모두 끊어질 듯 위태로운 허리를 토닥이며 겨우 물러갔다. 아이가 붓을 씻고는 미완의 초본을 바라봤다. 고개를 저으며 생각에 잠긴 아이에게 이성계가 물었다.

"너는 시간을 마음먹은 대로 가질 수 있느냐?"

아이가 무뚝뚝한 눈으로 올려봤다. 머리를 파고드는 날카로운 인상이 스쳐갔다. 한번은 본 눈빛인데, 오랫동안 볼 수 없던 눈빛은 조각배처럼 흔들릴 뿐이었다. 아이가 낮게 대꾸했다.

"잊으셨겠지요? 오래전 황산에서 적을 무찌르고 전주 오목대에 오른 적이 있습니다."

기억에서 사라질 만큼 오랜 시간이 지났다면 잊히는 건 당연했다. 망각은 시간과 속도에 지나지 않았다. 느슨할 수도 빠를 수도 있으므로 잊힐 리 없는 기억은 어딘가 버려져 있지 싶었다. 이성계는 가물거리는 기억을 더듬어 시간의 서재로 건너갔다. 절대의 시간들이 꽂혀 있는 책장에서 아이와 얽힌 상대의 시간은 쉽게 당겨오지 않았다. 한줄기 떠오르는 노래가 들렸다. 큰 바람 일어 뜬구름 아득히 흩어지누나…….

"그래, 오목대에 올라 대풍가를 불렀어. 그때 시간을 건너온 아이가 있었다. 그 아인……."

그제야 막막하던 머릿속이 뚫리는 것을 알았다. 밑도 끝도 없이 번져가는 노래 위로 가야금 소리가 실려 왔다. 식은 대기를 뚫고 노래가 밀려갔고, 아이가 퉁기던 가야금 선율이 보였다. 달빛을 받은 아이의 춤사위는 홀로 남겨진 백학 같았다. 눈이 부셨다. 대숲을 빠져나온 바람이 머리 위로 불어갈 때, 눈보라가 보였다. 파란 빙천을 머리에 인 오목대 산마루에서 아이의 춤은 슬프고 외로워 보였다.

이성계가 말을 이었다. 목에서 가느다란 피리소리가 들렸다.

"그때 누오라는 아이가 내게 왔었어. 노래에 맞춰 춤도 추었지."

"오래전 추억입니다."

"추억이란 아름다운 것이다. 그 무렵 박동하는 젊음이 느껴져. 헌데, 너는 그때 그대로구나. 나이를 먹지 않았어."

회한이 밀려왔다. 버릴 수 없는 삶의 회한은 고통과 함께 왔다. 나하추가 이끄는 흥원 전투에서 온전히 찔린 어깨 관절은 참을 수 없는 날이 많았다. 고통은 살과 뼈 사이 깊고 어지러운 자리에 뒤엉켜 몸 밖으로 나갈 줄 몰랐다. 전쟁마다 칼자국이 선명했고, 칼날을 따라 핏방울이 맺혀 있었다.

*

 북한산 쪽에서 무뚝뚝한 바람이 불어올 때, 황산에서 죽은 자들이 떠올랐다. 비틀거리며 밝은 곳으로 걸어가던 불의 엉덩짝이 보였다. 검은 불의 말총이 이리저리 흔들리며 눈앞에 밀려왔다.
 불은 적과 함께 죽었고, 아군과 함께 쓰러졌다. 햇살 좋은 날 불은 급작스럽고 외람된 죽음으로 이성계를 몰아세웠다. 불의 죽음은 예감할 수 없는 먼 곳의 빗줄기보다 차갑고 날카롭게 떠올랐다.
 문 밖으로 노을이 미끄러지며 번져왔다. 실한 빛은 부드러우면서 따스해 보였다. 아이가 한동안 이성계를 올려봤다. 아이가 말했다.
 "저는 나이를 잊은 지 오래 되었습니다."

"한 번 지난 시간은 붙잡을 수 없는 곳으로 멀어지는 것인데, 너는 어떻게 시간을 거스르거나 건너 뛸 수 있느냐?"

"시간은 꿈과 같습니다. 연연하지 마소서. 때가 되면 모두 사라지고, 사라진 자리에 새순이 돋을 것입니다."

아이의 눈총이 빛났다. 해거름이 옅은 어둠을 끌고 왔다. 시간 속에 묻어둔 저마다 감성은 허상으로 밀려왔으나, 말의 밀도는 하루치 질량을 싣고 왔다. 살아온 날들은 세월 속에 흩어졌어도 시간마다 재워둔 삶의 무게는 버릴 수 없을 것 같았다. 이성계가 나직이 말했다.

"나는 얼마 살지 못할 게야. 버릴 시간이 있다면 다행이지만, 그럴 일은 생전에 없을 게야. 죽기 전에 다시 오목대에 오를 수 있다면……."

이성계의 눈물은 맵고 쓰라렸다. 뜨거운 물기가 눈가를 적실 때 이성계는 죽음 직전까지 파고든 적의 칼을 생각했다. 처음 보는 칼날이 어깨에 박혀들던 날 날씨가 어땠는지 기억나지 않았다. 흰 구름 뒤로 파란 하늘을 본 것 같기도 했고, 파란 하늘을 메운 검은 구름을 본 것 같기도 했다. 기억할 수 없는 날을 불러 오면 밝은 날과 흐린 날이 보였다. 대풍가의 위력으로 맞선 날과 위화도에서 회군하던 날의 의기소침도 함께 밀려왔다.

많은 날들을 흘려보냈으므로 오늘은 여기가 끝인 것 같았다. 몸을 일으켜 세웠다. 별전 전각 너머에서 부엉이 울음이 들렸다. 초저녁 새 울음이 어깨를 눌러왔다. 아이가 붓을 쥐었다. 짙은 먹물에 붓을 담글 때 다시 부엉이 울음이 들렸다. 이성계가 돌아섰다. 아이가 붓을 놓고 허리 숙였다.
"다시 볼 수 있겠느냐?"
"……."
 아이는 대답하지 않고 무심한 얼굴로 이성계를 바라봤다. 하나마나한 소리를 아이는 눈빛으로 전했다.

　… 내일 이른 아침에 붓을 쥐고 기다리겠습니다.

 말하지 않아도 아이의 표정은 그 말을 삼키고 있었다. 선명한 인중 아래 꾹 다문 입술은 이성계보다 어진의 완성을 향하고 있는 듯했다. 별전을 나와 허전을 등지고 허적허적 걸어갔다. 문 앞에 대기하고 있던 상선이 달려와 이성계를 부축했다. 기침 없이 이성계는 별전을 빠져나갔다.
 이성계가 물러간 뒤 아이는 그리다 만 초본을 다듬었다. 이성계가 앉은 자리에 어좌를 그려 넣고는 오래 바라봤다. 어좌는 임금의 조망과 시야를 배려하고, 낮게 앉은 자의 눈높이에 어긋나지 않아야 했다. 시시때때 신료들이 허리를 굽힐 때, 구김이 없고 흔들림이 없어야 했다. 용포의 위엄에 어울리는 어좌를 그려 넣자 임금의 어용御用은 무겁게 왔다.

  임금의 사지를 어좌에 앉혔다. 용포 아래 발을 그리고 발등에 가죽신을 그려 넣자 초본 어진이 선의 윤곽을 드러냈다. 색채 없이 먹으로 채워진 초본은 어진의 밑그림으로 손색이 없었다. 마지막으로 바닥에 깔린 양탄재를 그려 넣는 것으로 초본을 마무리했다. 그 모두 정해진 절차였다.

기우는 해

 다음날 비가 내렸다. 간밤에 별이 보이지 않았다. 새벽나절 나인들이 별전을 청소했다. 붓과 색료를 가지런히 놓고 조식을 먹었다.
 초본에 색을 입혀나갔다. 날씨에 어울리는 화로가 곁에 놓였다. 문을 닫아걸고 방을 덥혀도 이성계는 모습을 드러내지 않았다. 빈 별전에서 상궁과 나인들만 아이를 거들었다. 색을 입히는 동안 나인들이 붓과 색료를 순서에 맞게 놓아주었다.
 설채設彩의 시작은 용안의 채색이 우선이었다. 얼굴 윤곽을 따라 색상을 선염하고 차분히 칠했다. 부드러운 중필로 안색을 밝게 칠할 때, 세상은 조용했다. 아청색 용포의 색상에 어울리는 혈기를 용안에 채워 넣어도 세상은 소란하지 않았다. 이마에 잔주름을 새기고, 머리와 이마를 덮은 익선관의 두 날개는 매미의 생장과 죽음을 상징했다. 높낮이에 구분을 주기 위해 옅은 먹과 짙은 먹으로 채워넣었다. 하루가 지나갔다.

날이 밝은 뒤 용포에 색을 입히고 비어 있는 용 비늘을 채색했다. 바람이 없어 날이 좋았다. 양 어깨와 가슴의 용문에 금색 비늘을 입혔다. 바람이 불어도 날은 좋았다. 다섯 발톱으로 추상같은 존엄을 북돋았다. 하루가 지나갔다.

다음날 금색 비단의 질감으로 옥대를 채색했다. 옥대 안에 두 마리의 용을 그려 넣을 무렵 점심이 나왔다. 청색 용포에 어울리는 선홍색 등판을 그려 넣었다. 음식은 식어 있었다.

해가 기울고 사위가 어둑어둑해졌다. 해태상 위로 그림자를 지운 해거름이 내려앉았다. 어스름 빛이 고왔다. 남은 빛이 서편으로 몰려갔고, 세상은 어둠 속으로 밀려갔다. 나랏집들이 어둠에 잠겨 들어도 이성계는 보이지 않았다. 밤사이 별이 무궁하고 아름다웠다.

*

아침나절 햇살은 뚜렷이 떠올랐다. 문간에 햇볕이 비쳐들 무렵 아이가 별전에 들어섰다. 찬찬히 어진을 바라봤다. 색이 마른 어진은 무난하고 틈이 없었다. 물기 없는 붓으로 쓸고 털어냈다. 끝이 짧고 마무리가 좋았다. 내명부 상궁이 금실로 짠 용문 풍대와 옥축을 가져와 어진에 어울리는 격식을 차렸다. 이성계가 한 폭의 어진 안에서 세상을 바라봤다.

정오 무렵 담장 너머 상의원尚衣院 뒷마당에 널린 빨래가 펄럭였다. 흔들리는 빨래 사이로 이성계가 보였다. 상선과 함께 느린 걸음으로 별전에 들어섰다. 상궁과 나인들이 줄지어 허리 숙였다. 아이가 어진 앞에 서서 기다렸다. 기침 없이 이성계가 어진을 바라봤다. 땅속 같은 침묵이 별전에 고여 들었다. 휘파람 소리를 내며 바람이 불어갔고, 숨소리가 밀려왔다.

이성계가 나직이 말했다.

"죽을 때 쓸 영정치고는 과분하구나."

아이가 이성계를 물끄러미 올려봤다. 눈썹이 떨리는 것을 알았다. 아이가 대답했다.

"승하 후 전주 경기전慶基殿에 어진을 모실 것입니다."

전주 향교 인근에 경기전을 짓고 있다고 들었다. 함길 영흥에 준원전濬源殿을 짓고, 계림에 집경전集慶殿을 지을 것이라고 했다. 개경에 목청전穆淸殿을 짓고, 평양에 영숭전永崇殿을 지어 이성계의 근본을 기념할 것이라고 했다. 전주의 경기전은 할아비의 할아비, 그 할아비가 태어난 곳으로 유서 깊었다. 종친부 당상과 시중들은 승하 후 초상을 외방에 지은 나랏집에 모실 것이라고 합의했다. 이성계가 조용히 숨을 내쉬었다.

"전주는 내게 핏줄 같은 곳이다. 오목대에서 부른 〈대풍가〉가 잘못이 아니었다. 오동은 저 스스로 가락을 머금은 나무인지라, 달과 바람과 물의 정령들이 뜻을 헤아렸을 뿐이다. 이것을 목격한 자가 바로 정몽주였다."

아이의 눈이 동그랗게 뜨였다. 놀라움은 잠시였고, 아이는 침착한 얼굴로 이성계의 말을 받았다.

"모두가 고려를 무마하고 새로운 나라를 바라지는 않았을 것입니다."

"그랬지. 그때 정몽주는 머지않아 고려가 무너지고 새 나라가 들어설 것을 예감했다. 그 예감은 너무나 분명했고, 정몽주는 솔직했다. 그 때문에 정몽주는 살아남을 수 없었다."

이방원이 보낸 자객에 의해 살해된 정몽주의 마지막은 충격이었다. 그 일은 오래도록 잊히지 않았다. 무슨 일이 있어도 정몽주만큼은 데려가고자 했다. 충이 완고한 까닭으로 정몽주는 고려에 남았다. 잊을 수 없는 날들 가운데 정몽주의 충은 문득문득 화살처럼 박혀들 때가 많았다. 고려를 버리지 못한 이유만으로 몸을 버린 정몽주는 다른 눈으로 저만의 세상을 살다 갔다.

아이의 눈이 젖어 있었다. 이성계가 덧붙였다.

"정몽주도 결국엔 누군가의 지아비였을 것이고, 자그마한 아이의 아비였을 것이다."

 말끝에 스산한 바람이 불어갔다. 아이의 눈 속에 붉은 사슴 뿔이 비쳐들었다. 아이가 젖은 눈으로 말했다.

"그 아비를 잃은 아이가 여기 있습니다."

 생각할 수 없던 말은 생가슴을 뚫고 지나갔다. 아이의 말은 정몽주의 죽음보다 큰 충격으로 왔고, 평생을 실은 질량으로 밀려왔다. 가슴 떨리는 순간에 이성계는 정몽주를 생각했다. 그의 핏줄을 생각할 때, 눈앞에 서 있는 아이가 정몽주의 여식이 될 것은 꿈에도 알 수 없었다.

 마른기침이 나왔다. 폐 속에 물이 차오르는 것 같았다. 거친 숨을 뱉으며 이성계가 물었다.

"설마 정몽주의 여식? 네가 정몽주의 숨겨진 아이란 말이냐?"

"……."

 아이가 말없이 고개를 끄덕였다. 소리 내서 답하지 않아도 알 것 같았다. 아이의 말을 믿어야할지 버려야할지 알 수 없었다. 이성계가 어진을 바라보며 말했다.

"그 말이 마냥 떠도는 헛소문만은 아니었어. 허나 보일 수 있느냐? 정몽주의 여식이라는 증물 말이다."

아이가 한동안 이성계를 바라보며 망설였다. 붓을 내려놓은 뒤 아이가 품을 뒤졌다. 아이의 품에서 나온 것을 보고서야 이성계는 뒤로 한 걸음 물러났다. 노리개였다. 푸른 옥돌로 조각한 매화에 실한 오색실을 단 노리개였다.

아이가 내민 노리개를 받아 쥐고 이성계가 눈썹을 떨었다.

"오래전 정몽주와 나는 한마음이었다. 노리개를 하나씩 나눠가졌어. 여식을 낳거든 그 여식이 혼례를 올릴 때 선물하자고 했다. 그때는 모든 날이 숨이 막히도록 아름다웠다. 거품 같은 꿈도 아름다웠고, 바람개비 같은 희망도 아름다웠어. 그런 정몽주는 끝내 죽을 수밖에 없었다."

"아비는 깨끗한 나라를 원했을 뿐입니다."

아이의 말 속에 일생을 걸고 지켜온 정몽주의 충이 보였다. 꺾이지 않는 충이란 있을 수 없는데, 정몽주의 충은 완고한 차돌 같아서 깨질 수밖에 없었다.

충이 반역이 될 줄 몰랐던 정몽주는 과연 깨끗한 고려를 원했을까? 정몽주를 살려두었다면, 그에게 조선의 완강함을 알게 하였다면……. 알 수 없는 생각이 머릿속을 돌았다.

*

산악처럼 가팔라 보이는 정몽주의 반역을 추스르는 일은 죽은 뒤에도 한 덩어리 부담이었고, 털어낼 수 없는 근심이었다. 정몽주는 고려의 본보기가 되었는지 알 수 없으나 그의 죽음에서 조선이 안고 가야할 충의 근본만큼은 버릴 수 없었다. 그것만은 진실이었다.
 정몽주의 목소리가 바람에 묻어 왔다.

　… 백골이 진토되어 넋이라도 있든 없든 임 향한 일편단심……

 절박한 생을 품은 정몽주의 글은 오래도록 이성계의 머리에 돌았다. 〈하여가〉를 지을 때 다섯 번째 아들은 붓을 허공에 띄웠다고 했다. 그 말의 진위는 끝내 가릴 수 없었다. 〈하여가〉를 끝으로 붓을 던진 방원의 마음은 읽히지 않았으나 〈단심가〉로 고려를 지키려한 정몽주의 마음은 보였다. 높고 아름다운 나라, 고려의 깨끗함을 지키려한 정몽주의 마음은 죽는 순간까지 베어낼 수 없을 것 같았다.
 이성계가 우울한 얼굴로 말했다. 목에서 가시밭길 같던 생의 회한이 떠밀려 왔다. 젖은 눈동자 안쪽으로 밀물 같은 저녁 빛이 보였다.

"네 마음의 끝은 무엇을 향하고 있느냐? 복수인 것이냐?"
"복수를 생각하였다면 여기에 있지도 않았을 것입니다."
"허면?"
"……"

아이의 눈빛이 흔들렸다. 눈 속에 점지된 아이의 계획은 읽히지 않았다. 대답이 없자 이성계가 다그치듯 물었다.

"먼 곳을 생각하느냐?"
"미래를 생각합니다."

생각할 수 없던 말은 주저 없이 머리를 찔러왔다. 볼 수 없는 미래는 불에 달군 쇠꼬챙이보다 뜨겁고 날카롭게 밀려왔다. 고개를 가로저었다. 이해할 수 없는 일은 생각보다 먼 곳에서 흔들렸다. 이성계가 덧붙였다.

"너는 질긴 아이구나. 너는, 아비가 죽던 날 너는 무엇과 거래를 했느냐?"

아이가 생각에 잠겼다가 말했다. 말 속에 이해할 수 없는 조건이 보였다.

"오래전 아비가 죽던 날 저는, 시간… 시간을 삼켰습니다."

비가 내리고 천둥과 번개가 하늘을 천 가지 길과 무늬와 바람으로 쪼개던 날, 아이는 아비를 안고 쓰러졌다. 머리를 뚫고 지나는 외줄기 섬광은 아이에게 시간을 삼키도록 했다. 속박을 벗고 시간을 여행할 때, 시간을 뛰어 넘어 다른 세상으로 건너가는 것을 알았다. 시간을 앞당겨 미래 세상을 다녀왔고, 시간을 거슬러 오랜 전 지난 세상을 다녀오곤 했다.

 시간을 삼킨 아이.

 시간은 이 아이에게 무엇이 될지, 알 수 없는 생각은 뒷머리를 타고 올라왔다. 아비의 죽음에서 시작된 아이의 시간여행은 꿈속을 걷는 아이보다 강렬했다. 심미안의 아이보다 오묘해 보였다. 전주 오목대에서 안개를 뚫고 모습을 드러낸 아이는 그 밤에도 시간을 거슬러 온 모양이었다.

붕어 崩御

 초경과 함께 아이의 시간여행은 시작됐다.

 아비가 죽던 날 몸을 관류한 감전은 생리를 하기 전까지 아무 징후가 없었다. 아이의 몸에서 여인의 몸이 되는 순간 징후는 나타났다. 배앓이를 잊기 위해 안견의 '夢'자를 새기는 넣는 순간 우연히 알게 됐다. 붓을 쥐고 '夢'자를 종이든 벽이든 허공이든 새겨 넣으면 시간이 멎었다.

 멈춘 시간은 먼 미래로 넘어 갈 수 있었다. 과거 시간대로도 건너 갈 수 있었다. 시간의 속도를 느리거나 빠르게 흐르게도 했다. 일반 사람의 시간보다 만 배 늦게 가도록 하면 아이의 움직임은 화살보다 빠르고 빛보다 빨랐다. 반대로 시간을 빠르게 진행하면 아이의 움직임은 돌비석처럼 오랜 시간 동안 움직이지 않는 것 같았다.

시간을 삼킨 뒤 치명적인 결함은 나중에서야 알았다. 생장이 멎어야만 시간여행이 가능했던 것이다. 초경과 함께 아이는 더 이상 자라거나 나이를 먹지 않았다. 늙지 않는 것은 두려움과 공포였으나 많은 시간을 흘려보내고서야 아이는 시간을 다스리는 것에 적응했다.

아이의 눈빛을 딛고 건너오는 난해의 시간을 이성계는 읽고 또 읽었다. 아이의 눈빛은 해독할 수 없는 시간에 둘러 싸여 있었다. 그곳은 볼 수 없는 미래의 어느 지점이거나 갈 수 없는 과거의 공간이지 싶었다. 머릿속이 끓어올랐다. 숨이 차오르는 것도 알았다.

어느 곳을 바라보는지 알 수 없으나 아이의 눈빛은 모호하지 않고 분명해 보였다. 이성계가 끓는 목소리로 말했다.

"너는 나를 돌아보게 하는구나. 살아온 날의 기억조차 물거품으로 만드는구나. 이 노리개는 가져가거라."

노리개를 받을 때, 아이의 얼굴은 식어 있었다. 바람이 불어갔고, 창백한 달빛이 앞뜰을 비추었다. 이성계가 잠시 아이를 내려 보고는 돌아섰다. 다섯 걸음을 딛고서 이성계가 돌아봤다.

"죽은 뒤 한 폭의 초상으로 전주로 간다고 하였느냐?"

"머지않아 전주성 안에 진전이 완공될 것입니다. 해와 달과 바람이 무난한 곳입니다. 그곳의 사계가 함께할 것입니다."

아이의 말은 깊고 푸근하게 왔다. 죽은 뒤 전주로 돌아가는 말만으로도 이성계는 가슴이 뛰었다. 다시, 그 오래전 오목대로 돌아갈 수 있다면, 아이와 함께 시간을 건너 뛰어 그때 그 시절의 오목대로 갈 수만 있다면, 그럴 수는 없었다. 모두 늙거나 사그라들었을 것이고, 물과 나무와 바람도 달라졌을 것이다. 기린봉의 해묵은 토월은 그대로일지 알 수 없으나, 그 모두 그 시절이 아님을 이성계 자신도 알았고, 아이도 알았다.

이성계가 돌아섰다. 뒷모습을 바라보며 아이가 조용히 허리 숙였다. 아이의 손에 쥐어진 노리개 옥돌에서 잔 빛이 뛰었다. 대숲을 빠져나온 바람이 이성계를 좇아갔다. 바람이 지나간 뒤 쑥 향이 밀려왔다.

*

조선 태종 6년(1405).

초겨울 바람은 날카로웠다. 서쪽 먼 하늘에서 노을이 어지러이 번져왔다. 별전 내실에서 뛰쳐나온 나온 내관이 동쪽 별채로 빠르게 뛰었다. 뒤 따라 상선이 달려갔다. 사다리를 세운 뒤 내관이 별채 지붕으로 올라갔다. 동쪽 끝 추녀를 가늠하고 발을 디딜 때 기와에서 사각거리는 소리가 들렸다. 눈을 들자 내관의 눈 속으로 붉은 노을이 쏟아져 들어왔다. 구름을 걷는 기분이 들었고, 얼굴엔 슬픈 기색이 가득했다.

지붕 가운데에 이르자 내관이 관복을 벗고 웃옷을 풀어 왼쪽 겨드랑이 사이에 죄어 맸다. 왼손으로 웃옷의 상단을 잡고 오른손으로 웃옷의 허리부분을 잡고는 혼절하듯 외쳤다.

"태상왕 전하 승하昇遐."

내관이 북쪽 하늘을 향해 머리를 조아렸다. 구름 사이로 일찍 나온 북두의 별이 한순간 빛을 흘려보내고는 구름 속으로 숨어들었다. 지붕은 높지 않았으나 이성계의 죽음은 높고 가파르게 밀려왔다. 내관의 소리는 길고 느리게 이어졌다.

"태상왕 전하, 상위복上位復, 상위복, 상위복……"

소리는 휘청거리며 꺾이었다가 멀리 나갔다. 주저 없이 사방으로 울려 퍼질 때 소리는 소리가 없던 대기에 비를 내리게 했다. 먼 곳을 바라보는 내관의 눈빛은 고요했다.

붕어崩御.

내관의 외침에서 시작된 이성계의 죽음은 급작스럽고 모두를 놀라게 했다. 시골무사에서 고려의 무인으로, 위화도에서 회군하여 조선을 개창한 이성계의 길은 멀고 험해 보였다. 그 모두 이성계는 빈 몸으로 받았다. 죽은 뒤 무엇도 가져갈 수 없다는 것을 아는지, 이성계는 말이 없었다. 누운 자리 너머에 얼마 전

완성된 한 폭의 어진이 펄럭였다.

 비 그친 뒤 북한산에서 시작된 봉화가 산과 강과 마을을 지나 강릉과 원주를 잇는 강원도로 번져갔다. 다시 봉화는 충주와 청주를 잇는 충청도로, 전주와 나주를 잇는 전라도로, 경주와 상주를 잇는 경상도로 봉화는 뻗어갔다. 함경의 산과 평안의 산들로 봉화가 흩어져 갔다. 남산 봉수대 위로 반쪽이 잘려 나간 달이 떠올랐다. 달은 무심한 듯 아래를 내려 봤다. 붉은 봉화가 새벽까지 타올랐다.

[참고문헌]

- 국립전주박물관, 왕의 초상-경기전과 태조 이성계, 2005.
- 김성희, 조선시대 어진에 관한 연구 : 의궤를 중심으로, 이화여자대학교 석사학위논문, 1990.
- 문화재청, 한국의 초상화 : 문화재청 편, 눌와, 2007.
- 박천식, 조선건국의 정치세력 연구, 전북대학교출판부, 1984.
- 변온섭 외, 조선시대 성균관과 사학(四學), 도서출판 우삼, 2004.
- 양국영, 황종원 외 역, 유교적 사유의 역사, 성균관대학교 출판부, 2006.
- 이미경, 조선시대 어진 연구, 홍익대학교 석사학위논문, 2007.
- 이성미, 조선시대어진관계도감의례연구, 정신문화연구원, 2005.
- 정두희, 조선초기의 정치지배세력 연구, 일호각, 1983.
- 정두희, 왕조의 얼굴 : 조선왕조의 건국사에 대한 새로운 이해, 서강대학교 출판부, 2010.
- 최승희, 조선초기 정치사 연구, 지식산업사, 2002.
- 한영우, 정도전사상의 연구, 서울대학교 출판부, 1983.
- 홍성덕 · 김철배 · 박현석 역, 국역 전주부사, 전주시 · 전주부사국역편찬위원회, 2009.

작가의 말

『달의 눈물』은 전라도의 감성과 무늬를 글로 풀어낸 산물이다. 〈전라도 역사의 혼불〉 그 첫 번째에 해당되며, 이성계의 삶과 죽음에 관한 연대기를 담고 있다. 먼 과거의 시간대를 향한 아카이브의 순수와 문학적 판타지를 융합한 『달의 눈물』은 하나의 악기처럼 고려의 땅과 조선의 하늘을 관통한다.

여말선초 무신들의 집권과 정치적 갈등은 칡덩굴처럼 얽혀 있다. 고려에서 조선으로 넘어가는 정치 이데올로기와 외부상황은 전율의 역사가 말해준다. 고려는 끊이지 않는 외침에서 살아남았고, 불같은 내홍을 겪으면서 조선으로 건너가 다시 살아남았다.

나라에서 나라로 이어지는 이유와 까닭과 사연은 천 가지가 넘는다. 당대 실정과 정세는 여러 문헌과 기록을 살펴볼 때 마땅한 것도 있었고, 그렇지 않은 것도 있었다. 여말선초 정치 구조와 소설의 흐름은 다를 수 있으나 글쓴이의 소견은 명료하다. 소설 속에서 그 구분은 까다롭다.

첫눈 내리는 날 글을 탈고했다. 겨울에서 겨울로 이어지는 동안 가진 것 없이 빈 몸이었다. 봄·여름·가을과 함께 경기전 진전에 들러 사람들 틈 속에 혼자 놀기를 반복했다. 몸은 비어도 마음 갈 곳은 흔하고 온전했다. 글로 담아내지 못한 이야기는 여전히 역사 속에 저장되어 있다.

 누오의 가야금 선율이 적막을 깨고 귀에 뚜렷이 남아 있다. 다시 봄이 시작된다.

2023년 2월
서철원

전라도 역사의 혼불 [1]

달의 눈물

서철원 장편소설

초판 1쇄 찍은 날 2023년 2월 06일
초판 1쇄 펴낸 날 2023년 2월 10일

지은이 서철원
펴낸이 서영훈
펴낸곳 출판하우스 짓다
주소 서울시 종로구 삼일대로 32길 36(익선동 30-6 운현신화타워) 305호
전화 (02) 3675-3885 (063) 275-4000 · 0484
팩스 (063) 274-3131
이메일 shianpub@daum.net
출판등록 제2020-000010호

저작권자 ⓒ 2023, 서철원
이 책의 저작권은 저자에게 있습니다. 서면에 의한 저자의 허락없이 내용의 일부를 인용하거나 발췌하는 것을 금합니다.
COPYRIGHT ⓒ 2023, by Seo Cheolwon
All right reserved including the rights of reproduction in whole or in part in any form.
저자와 협의, 인지는 생략합니다.
잘못된 책은 바꿔 드립니다.

ISBN 979-11-976876-9-3 03810
값 14,000 원

Printed in KOREA